一个人睡觉。一个人看书。一个人写作。

二三事

庆山——

著

ER

SAN

SHI QING SHAN

北京联合出版公司
Beijing United Publishing Co.,Ltd.

图书在版编目（ＣＩＰ）数据

二三事 / 庆山著 . -- 北京 ： 北京联合出版公司，
2021.8（2024.3 重印）

ISBN 978-7-5596-5320-8

Ⅰ . ①二… Ⅱ . ①庆… Ⅲ . ①长篇小说－中国－当代

Ⅳ . ① I247.5

中国版本图书馆 CIP 数据核字（2021）第 105685 号

二三事

作　　者：庆　山
出 品 人：赵红仕
责任编辑：龚　将
封面设计：吴黛君

北京联合出版公司出版
（北京市西城区德外大街83号楼9层 100088）
北京新华先锋出版科技有限公司发行
大厂回族自治县德诚印务有限公司印刷　新华书店经销
字数137千字　620毫米×889毫米　1/16　14印张
2021年8月第1版　2024年3月第3次印刷
ISBN 978-7-5596-5320-8

定价：49.00元

目录

良　生

她对我说，良生，若是有可能，有些事情一定要用所能有的，竭尽全力的能力，来记得它。因很多事情我们慢慢地，慢慢地，就会变得不记得。相信我。

　　那是十二月。冬天。深夜航行的客船正横渡渤海。我与她坐在船头，海风呼啸，浪潮涌动。甲板上的人群逐渐散尽，海面一片黑暗。我冻得牙齿咯咯发出声来，感觉难熬。抬头所见处，却是满天星辰闪耀明亮，像破碎的钻石。

　　那一瞬间的惊动，稍纵即逝。渺茫天地，我与她，曾经并肩而立，观望世间万象。记忆如同黄金，即使被岁月磨损覆盖，也是我的光。

　　我只是渐渐忘记她的脸。她的肉体与意志缓慢沉落，被黑暗覆盖。她的脸，笑容，头发的颜色，额头，眼睛和嘴唇的形状，下巴，肩，手指，所有的轮廓与气味。忘记一个人，一点一点擦去印记，直到消失。似乎这个人，从来未曾触摸过她，从来未曾与之相见。

确信无疑，她将会消失。生命是光束中飞舞的无数细微尘埃，随风起落，不可存留，不被探测与需索。最后只是静寂。她已消失。而我们之间的事，像一封已被投递的旧信，信里有发黄故纸，笔尖轻轻摩擦，发出声响，写下片言只语。潋滟春光与其纠缠，点点闪烁，逐一熄灭，最终逝去。时间与记忆背道而驰。记忆被投递到虚无之中。

我想我也将是带着这光，逐渐沉没于暗中。

1

那年我二十七岁。我是苏良生。

二十七岁，我决定有一次旅行。从北京到昆明，之后前往大理，丽江，中甸，乡城，稻城，理塘，雅江，康定，泸定，雅安。最后一站抵达成都。在除夕前，飞回北京。这趟旅行会坐长途客车，穿越两省。历时一个多月。在云南四川的交通图上，我用蓝笔画出一条粗而迂回的路线。冬季并不是适合出行的季节，后来事实也证明确实如此。

这注定只是一次荒芜而漫长的省际旅行。

当我离开这个城市，无须跟任何人提起，也无人道别。除了阿卡。阿卡是一只腊肠和可卡的混合种小狗。矮腿，黑色长毛，圆眼睛上两道褐色的小眉毛，有着热烈冲动而鲁莽的性格。我抚养它一年多，每天有三分之一的时间带它早晚散步，给它喂食、洗澡、抚摩以及对话。衣服、头发和手指上都是狗的气味。带着这样的气味外出，如果路上有其他的狗，它们就会跟随我。因为它们懂得分辨那些抚养狗的人。

阿卡懵懂天真，是不会长大的婴儿，但我知道它心里有期许。这来自彼此生命之间的单纯的信任，有生之年，我们始终都不会理解对方，却曾经互相陪伴。阿卡喜欢洗澡。在我用淋浴喷头的热水冲洗它的时候，它有安静而理所当然的享受姿态。要花很长时间把它湿漉漉的长毛吹干，不停地用手指抚搓它的身体，这温热的有血液循环和心脏跳动的躯体。长时间地拥抱它。有时观察它的呼吸，它吐出舌头或蜷缩着睡觉的样子。

是从什么时候，我开始希望身边有一条活跃天真的狗长久相伴。我们在月光下漫步，沿着长而空旷的树林小道，一路没有言语。只是我蹲下来的时候，它便靠近我，用眼睛亮亮地注视我，并不探测我的心意。也许在决定收养阿卡的时候，我便觉得自己有些变老，不再信任人的感情，并开始遗忘一些事。

因为要出去旅行，我把它放到一个寄养店里托人照管。我准备出一只大布包，里面有狗粮、调味料、磨牙牛奶骨、小鸡胸肉干、狗饼干、它的小玩具和毯子、沐浴液以及一只小型吹风机。我把布包挎在肩上，抱起阿卡走出家门。在出租车上，它坚持把毛茸茸的小脑袋伸出窗外，黑亮眼睛看着吵闹街道有无限惊奇。它不喜欢新家，兜转着难以安定下来。我走出店门，它探出头来看我，疑惑地跟着我走了几步，看着我走远，便叫了几声。

我回头说，阿卡，再会。一个道别。

这的确是我们最后一次见面。一个多月后，当我回到北京，托管的人告诉我，阿卡跑丢了。

2

在机场，我把沾满灰尘的大背囊连同绑在上面的睡袋，用力地拉起来，摔在行李传输带上。这只六十升的背囊，自买来之后便从未清洗过，有结实的背带和可伸缩的空间，扛在背上还高过我一头。它防水抗震，使用起来方便。现在，背囊表面已经贴满各个航空公司起点和终点的托运标签，密密麻麻，我没有着意把它们撕下来。看过去仿佛是勋章。

上一次背着它是去新疆，一路在陆地巡洋舰的后座上颠簸。随意放置在小旅馆和路边店铺的泥地上，坐着踩着，无所顾忌。它有着伙伴般的忠贞及坚强。

在里面放进去需要换洗的四件厚棉衬衣、T恤、两条牛仔裤及粗布长裤、内衣和棉袜、一双系带球鞋、可在旅馆里换用的枕头及床单、10cm×15cm尺寸的合译本《圣经》、矿泉水、榛仁巧克力、消炎药、创可贴、一百二十页的再生纸笔记本、炭笔、黑色圆珠笔、二十卷胶卷、康泰时的T3相机、佳能G2数码相机、充电器、卫生纸、毛巾、香皂、木梳、凡士林，以及一瓶檀香古龙水。我用这瓶香水很多年。旅途中气味的变更可以使空间产生一种微妙的距离感，在肮脏的客车或旅馆里作用尤其明显。熟悉的香水使人感觉带着自我的归属感，不被外界同化。

柜台后面的小姐询问，需要靠窗的位置吗。我略微犹疑，说，什么？又说，好。现在我偶尔会重复确定来自外界的信息。拿住从柜台后面递过来的机票、登机牌和护照，把它们塞进挂在胸前的绣花丝缎小包里。这只暗红色的破旧绣包是去尼泊尔旅行时带回来的。

我买一些脏脏旧旧的东西，留恋凝滞其中的时间。以前曾在旧货市场买过一件男式丝绸上衣，晚清款式，黑底色，深蓝松菊梅图案，领子和袖口略有破损。尺寸很小，我还能穿。我猜测这是否是一位早夭的贵族少年留下的，因为衣服质地上乘，出身富贵。在这件绮美的旧衣上，看得到死亡的阴影。他的气味与痕迹抵达我的手里，已时光流转很多年。这种危险的美感令人着迷。

过安检的时候，报警器一直响。我被叫到旁边台子上接受检查。检查器碰到左边手腕上的旧银镯子，发出嘟嘟的尖厉声音。穿着制服的男人靠近，说，小姐，你能先把手腕上的镯子摘下来吗。这是一只普通的纯银镯子，镂刻着古典的花朵图案和汉字，我在洗澡、睡觉时也不曾离身，戴得已接近皮肤的光泽。我犹疑着，说，抱歉，我没办法把它摘下来。但它很正常，不是吗。

在落地玻璃窗外面，一架庞大的波音757正拔地而起，呼啸声覆盖一切。机场大厅里人声鼎沸，所有琐碎的声浪交汇成波浪，一层一层地扑打过来。我想起，那个男子在脑出血之前有三天的时间失去听力。他给别人打电话，只能对别人说话，却听不到他人回应。他感觉恐惧，一个人留在突如其来的寂静之中。

我站在台子上，伸直手臂，无辜地看着那长形的检查器在外套上重复滑动。它再次对我的银镯发出尖厉的警报。

3

我在梦中睁开眼睛，看到自己又走回那条白漆斑驳的走廊。

大雨持续，南方春天的雨水充沛，整日整夜，无法休止。走廊尽头的窗，是透露微弱亮光的深蓝天空。哗哗的水声包裹走廊，尽头遥不可及。雨水剧烈地敲打在墙壁上。我逐渐确定清楚自己的位置，穿越走廊的拐角。手抚摩过流淌着雨水光影的墙壁，手指间留下潮湿的粉尘微粒。空气中有灰尘和消毒水的气味。一切都清晰。我知道我会看到那张床。

他正从床上坐起来，在微光里轻轻叹息一声，慢慢穿上一件淡烟灰色的羊绒衫。先把两个袖子展开，再套进头。这件衣服，是我在百货公司里刷卡买下的，一千多块，是他穿过的最贵的毛衣。你已经老了，该穿一件柔软妥帖的羊绒衫。我对他说。他穿那种劣质廉价的混纺衬衣，硬，并且散发出异味。不知为何，他在五十岁之后，开始发胖，抑郁，并且有些邋遢。大概肉身的苍老与生活的坎坷，会让人的灵魂也逐渐失去力气。有时他在西装口袋里放一把塑料梳子，偶尔拿出来，慢慢梳理头发，且照镜子。

我想他年轻时候也是一位知书达理并且姿态优雅的男人，只是那些头发是从什么时候开始一点一点地发白。我离开他的时间过于漫长。他的苍老使我感觉突兀。

当他昏迷，我日夜坐在他的床边，不停地抚摩他的手，他的脚。胖胖的圆鼓鼓的手和脚，不像是一个成年男人的身体，更像是婴儿时候的模样。我想让手心里的这部分肉体暖和过来。这肉体在逐渐走向死亡之前如此纯洁而无能为力。我因此知道自己在做着一件比一生都更为无望的事情。

这巨大的无望使我的内心失去声音。在大雨的午后，我亲手点燃那件羊绒衫，看着在大风中抖动的火焰，燃烧了毛纤维，发出细微的哔剥声音。衣服在火光里跳动，萎缩，熔化，变成一堆毛毛灰。轻薄灰末在冷风中被迅速地卷向荒凉的田野，消失无踪迹。他的坟墓就在田野东边，面朝西面旧日的小村车站。这已被废弃不用的车站有过我童年时候的数度告别。

囡囡，我听到他唤她。神情平淡闲适，仿佛是在他自己的房间里，坐在堆满旧报纸旧杂志的阴湿角落里，那里通常摆着一把僵硬又无扶手的木椅子。他说，囡囡，泡一杯热茶来。他翻开当天的报纸，细细阅读。

他的视力很好，且有一个思考充沛而有活力的脑袋。一个孤独而热衷于奇思异想的男人。当冰冷的手术刀捅进他鲜血喷涌的脑部，痛苦是来自于血管破裂还是来自于粗暴的侵入。我对医生说，我们要动第二次手术。一定。一定要动。告诉我，该如何来保全你敏感柔软充满渴望的头脑。我抚摸着他冰冷脑袋上的伤口缝线，巨大的无望使我的内心失去声音。我看着他的脸。他的脸在那一刻离我还这么近。

而此刻，我又看见他。他穿上旧毛衣，转过头来。头发很黑，形貌清瘦，仿佛是他二十七岁时候的照片。在贫困偏僻山村里教书，与母亲结婚。他独自咳嗽约三分钟，然后抬起脸对我微笑。他说，你回来了。真好。

我在黑暗中睁开眼睛，突兀的刺眼光线带来短暂的晕眩，眼前光影闪动。午后飞行路途中闷热骚动的机舱，衣服里面都是黏湿的汗水。从梦中惊醒的沉闷的不适。空气中有食物热烘烘的气味，空姐正在分发午餐。

一月三十日，下午一点二十五分，从北京飞往昆明的4172航班。苏良生，女性，南方人，居住地北京。身份证丢失。护照上的照片是二十五岁时拍的。越南髻，眼神坚定，穿一件藏蓝粗棉布上衣。

咖喱牛肉还是鸡肉？耳边有小声柔软的问询。我看清楚眼前空姐化妆精细的年轻容颜，迟疑地确定她的问题。说，我不吃东西，请给我一杯冰水。简易杯子里盛着四分之三左右的水，递到面前。看到小玻璃窗外面的云朵，层层叠叠。延伸的丘陵，连绵山峦轮廓，深深浅浅的绿。西南地区繁盛而错落有致的植被特征。飞机已经航行约两个半小时，胸中有隐约的呕吐感。

从挂在胸前的小包里取出一颗药丸，用水吞服。身边的陌生男子肥胖粗鲁，一直在发出鼾声。把羊毛披肩叠起来，垫在脸边。蠕动脸庞摸索合适的位置。我企图继续进入睡眠。

4

那一年，我在北京。那一年，觉得日子渐渐变得稀薄，难以打发，却又逝去迅速。我的生活，荒废几近一事无成。有时去圆明园看下雪后结冰的湖，在岸边抽根烟，倏忽就过去半日。有时在跳蚤市场出售旧书，寻找廉价的线装书及破铜烂铁。有时在半夜哄闹的小酒吧里无所事事，挨到天明。时常失眠，一旦入睡，睡眠时间就变得很长。但终究还是要醒来。醒来不知要做什么事，起床，看碟，煮食，洗脸，对着镜子涂口红，穿上球鞋。然后出门去空茫的大街上走。

无目的的长时间走路，使我记住了天色微明时分的凌晨。万籁俱寂。仿佛那些醉酒后从小酒吧出来的日子，打不到出租车，一个人趔趄着边回头寻觅，边慢慢前行的午夜。两者之间非常相似。那时我一点困倦也无，脑子清晰，略微有些钝重。只觉得自己是个空落世间的过路者，意兴阑珊。

凌晨空旷的马路带着刚刚苏醒的寂寥，楼群之间的天空微微泛出暖色的灰白，一点一点逐渐明亮。空气略有湿润。天地之间一点点细微的感受差异，让人的神经有敏锐回应。此刻城市没有车队蔓延的交通堵塞，也无如潮水流动的人群。没有白天的炎热干燥，没有夜晚的醉生梦死。无甚声音。只是清冷，庞大并且落寞。我觉得这时的它很好。

此刻它让时间几近停顿，也使人看得到自己的处境。这是容易让人万念俱灰的时刻。

从医学上来说，万念俱灰的沮丧，孤立无援感的产生，有时是因人脑部的复合胺含量比正常标准要少，这也是抑郁症的来源。当一个人的脑部缺乏某种化学含量，他需要每天醒来倒一杯清水，吞下药丸，以便让它们合成元素。同时他的身体内部也会发生微妙变化。快乐与平静之感由此而生。幸福感可以用药丸制造，在人可控的范围之内。

但我不知道人若天生在体内缺乏某种元素，是否倾向于一种原罪。这种原罪导致他的不安全感。

在北京我居留两年，搬过六次家。从心理分析上来说，不停搬家是缺乏安全感的印证。一种自发抵御与对抗。没有安全感的人，也无法与人建立长期的感情关系。没有安全感的人，通常也都警觉。

我很少靠近陌生人，也不让他们靠近我。不接陌生人的电话，不爱打电话聊天。公寓里自然也有男人出入，都是送水，送快餐，送网络邮购物品上门服务的服务生，包括信差。联系密切的人，尚有附近二十四小时营业超市和小餐馆的小老板。电脑里数位从未见过面的专栏编辑。出版商一年见我两三次，偶尔请我在昂贵餐厅里吃一顿饭。

这所有关系的本质并无区别：物质交换，不带感情。一如我的期许。感情里会有计较惊惧，不带感情，则洁净刚硬。我不用感情来讨价还价，也不愿别人这样对我。也许没有安全感的人，精神上也存有洁癖。

因这洁癖，我始终生活在陌生城市里，没有固定工作，也没有与人的长久关系。人际脉络简单。没有同事，老板，父母，亲戚，同学，老友，旧爱，新欢……种种纠缠。我似乎一直独自在生活：一个人去游泳，来来回回，把脑袋潜伏在水底下屏住呼吸。一个人跑步，有时会在夜晚十二点左右，穿上球鞋溜进寓所旁边的公园，跑四十分钟左右。一个人去爬山，爬到山顶抽根烟，发会儿呆，再走下来。一个人在常去的越南餐馆点酸辣虾汤和榴莲饭吃。一个人在地下通道里看人在大风中唱歌。一个人睡觉。一个人看书。一个人写作。

到后来，写作都变得不可能。有一段时间我停止写作，无法再写任何一个字，甚至不能阅读。偶尔写作令人恐惧。凯尔泰斯在书里写：我最终发现一个无可争议的事实，写作使我与自己之间建立了一种完全负面的关系。这位东欧男人获得诺贝尔奖贡献巨大尚且言语直接。无话可说的我只觉得自己潦倒草草。

5

写过数本书。基本上一本写完当即就觉得它不再属于我。它们最终似与我没有任何干系。我不记得写作它们的日日夜夜，看不到它们在书店里被无数陌生的手翻阅后留下来的热闹和余味，听不到它们被无数口水赞美和唾骂覆盖后的沉默。它们像被服用之后的药丸，留不下痕迹，看不到变化。写作，它只是在人的内心之中发生的事。它和除此之外的一切均无关系。

它意味着在某段时间你曾沉浸在孤独之中。孤独是空气，你呼吸着它，感觉到自己的存在。桌子上有咖啡和烟灰缸，大堆凌乱书籍以及植物。有时候因写作而遗忘时间，任窗外的天空转换颜色，厨房里的食物逐渐冷却。文字和思虑得以使时间曼延和扩展，这是意义所在。

但不知道为什么，这长久导致的孤独感，使人有时非常渴望与人群靠近。想接近他们，想象他们在想些什么。我常常让自己置身在人群中，类似于咖啡店、酒吧、车站、广场之类的地方。脸色若无其事，也不想说什么话，只是看到年轻的孩子充满活力的身体，看到陌生人在交谈或者争吵，看到颜色形状嘈杂人群，独自分辨空气里混合的荷尔蒙气味。这一切使我觉得兴奋。

我对她说，如果你选择一种精神化的活动作为工作，意味着生活将与某种空虚联结，犹如浩瀚宇宙中与银河系的遥相呼应，却互不归属。距离依旧有几百万光年。它要你为了独立而与世间保持一定的距离。要你长期认真面对自己的内心。即使这思省犹如黑暗漫长的隧道，穿越也很漫长。

它让你处于一种与死亡并行前进的微妙状态。你看得到自己走在边缘。你知道它让生命浪费的程度加剧，它使你敏感，并且变老。

所以写作是不被选择的。一般由它来选择那些与它对峙的人。这力量极其剧烈，彼此消耗的时间越长，它杀掉对手的概率越大。大部分创作者最终都只能选择改行，消失，酗酒，苍老或者死去。但必须继续。这是治疗及保持清醒的唯一方式。

6

我看DVD，电影中的政客，在尚是一名落魄的画家时，对画商说，即使当我站在墙的另一面，我看到的依旧只是虚无。没有食物，没有房子，没有工作，没有职业，没有婚姻，没有父母甚至没有一个好的朋友。他自杀后被人发现在他的个人藏书馆里，有大量的图书都是用来与宗教对话。他思省和观望生活里的欠缺，反复疑虑，并无悔改。最后试图通过政治来解决自身问题。引导的大屠杀最终走向极端。

我在听那段台词的时候，心里震动。原来貌似坚定的理想与意志背后，最终的驱动力，仍是未被填补的虚无。或者说，这个人从来未曾学习到什么是爱，也没有被真正地爱过。

7

一个星期之前我结束一份持续三个月的工作。

每天的生活循回反复。早上八点，在冬天清晨的微光中醒来。关掉加湿器的开关。穿上磨损的牛仔裤、衬衣、洗得褪色的法兰绒外套。打开饮水机喝完一杯放了柠檬片的冷水。抚摩阿卡的小脑袋，对它道别。锁上铁门，步行去地铁站。这样十点左右，我会准时出现在杂志社里。

工作午餐。编辑会议。和摄影师模特撰稿人轮流见面。审核稿件。整个下午和夜晚，喝下一杯又一杯的咖啡。站在咕咕作响的热水机旁边，凝望落地玻璃窗外北京站的暮色轮廓和它的大钟。办公室里电脑、打印机、传真机、手机、复印机的声音，从来不会停止，汇集成震荡的声浪，一波一波传来。头痛的时候，我去抽烟室。抽烟室里没有暖气，狭小，有其他部门的男人进进出出。坐在角落的丝丝冷风中抽烟。然后把烟头熄灭在垃圾箱中，去会客室里问服务生续一杯黑咖啡。

通常在深夜十点左右回家。有时能赶上最后一班地铁。在深夜的地铁站里，听到鞋跟敲击在空旷的花岗石地面上，是确实的生活存在感。当地铁在黑暗中呼啸而过，我在玻璃窗的苍白灯光之中看到自己的脸。

有很多年没有出去工作。多年的社会隔离状态，慢慢使人的口头表达、群居能力、忍耐妥协能力等出现障碍。我到现在还不能做到圆满地撒谎，不会反击别人。如果有人恶毒地攻击我，只会张口结舌，并对此感觉吃惊。不懂得掩饰自己的愤怒，有时情绪激动。我知道自己的表现，类似于一个头脑简单、笨嘴拙舌的儿童，面对外界过于天真透明。

在那段时期，这份工作对我来说极其重要。我头痛，失眠，整日惶惶然不知道该往哪里去。城市显得空荡，不够完满。我的生活里，大部分内容都只是药丸，而不是粮食。工作也许是剂量更强大的药丸。

至今仍记得那些日日夜夜。与同事老板相处默契愉快。月底结稿，大家聚餐吃喝玩乐，热热闹闹。工作让人进入人群，借此停止回忆和思想。带着一堆庞杂而烦琐的事务，轰隆隆喧嚣行进。他们说我工作的时候像一个男人，明确重点，有力，简洁。有时候讲话的口吻会粗暴。我只觉得日子因为平顺完满而过于迅疾。每天重复的日子，哗哗哗地过去，让人无法对时间留下印象。像草一样，一岁一枯荣，天地喜乐都在，唯独没有自我。

我始终不清楚工作的意义。也许仅仅只是想在人群里遗忘失望。

在那段时期，我对地铁留下记忆。它是工作时期最重要的标志。在这座庞大而粗暴的城市里，它是与我发生紧密关联的场所。

年代长久的北京地铁站，呼啸的风声，过道里的大风有时使人无法呼吸。异乡人在廊柱后面发呆，扛着行装，揣着欲望。当远处有隐约的光线抵达，渐渐越来越分明。挪动脚步，知道自己会抵达城市的某处，或另一处。却明白那始终不会是生活的别处。

有时候它是让人失去耐心的地方。患抑郁症的产后女子在地铁站里自尽，地铁运营停滞四十五分钟，下班的人群在闷热中埋怨。城市是巨大的黑洞，吞噬着绝望与死亡。那一刻的地铁，如同霍金所描述的事件视界，没有任何东西可以通过事件视界而逃离黑洞。它如同但丁对地狱入口的描述：从这里进去的人必须抛弃一切希望。

我听到地铁在黑暗中哐当哐当地行进，然后进入站台的光亮。车厢里有睡梦中的人，歪着头，张开嘴巴，一脸无知怅惘。也许是坐了太长时间，从城市的一端到另一端。人在城市的地下穿梭，在自己的睡梦中穿越。

看起来我们所有人似乎都活在一场幻觉里。年轻的女孩大声地温习法语课本。面目暧昧的陌生人，猜测不透来处。独身女子，无法控制自己，双手掩面，开始抽泣。当车厢渐渐空落，角落里的情人，穿黑色大衣的欧洲女子和理着平头的东方男人，他们的接吻长久持续。爱情欲望强盛却无法带来拯救。发出陈旧声音的机器带着陌生人的欲望和痛苦，无休止地来回反复。幻觉是轮回。

走出站台，所有人自动站在窄小电梯的右侧，电梯缓缓爬升。渐渐露出深夜灯火明亮的大街轮廓，大风蔓延。瘦的男子蹲在墙角贩卖盗版DVD。有人卖热的玉米，闪烁的食物光泽带来温暖。回到地面上，夜色和物质的芬芳包裹过来。城市中心摧毁人的荒凉感，重建幸福的幻象。

那是一段含义诡异的地铁时期。地铁在隧道里呼啸而过，时间迅疾奔腾。生命的速度却背道而驰，接近困顿。我从不在地铁上睡着，因为嫌恶那种因为惰性和失控而变得呆滞的表情，总是站在门边或挺直地坐在角落的位置上。扶手油腻，散发出来自重叠肌肤的异样气味。我不知道自己在城市的地下穿梭，为了抵达何处，又能够从何处逃离。

我看人，看地铁呼啸而过的时候窗外飞驰的光影和黑暗。身边一片沉寂，只有地铁车轮摩擦过轨道的刺耳金属噪声。一个拐弯，又一个拐弯。地铁是城市生活的一个象征，无情。重复轮回。看起来目的明确，却不知所终。

8

那日我在地铁车厢里看见两个男人。

他们在北京站上车，坐在我的对面。中年男人约三十五岁左右，手里拎着一只鼓鼓囊囊的行李包。年老的约六十岁。他们也许是一对父子，都穿着蓝色卡其上衣和脏的廉价皮鞋。沉默不说话，彼此的膝盖顶靠在一起。目光低垂，不看对方。这种姿势保持很久，直到地铁抵达东直门。

儿子起身把行李包交给父亲，下车。车门还没有关上。他站在窗外，眼睛直视车厢里的男人。父亲一再挥手示意他可以离开，他仍固执地站在那里，不移动半步。父亲侧着身频频回头，一边用手紧紧攥着行李。在车子再次启动之后，儿子跟着地铁疾步行走了一段，眼睛跟随着父亲。父亲挥手，地铁全速进入隧道。

当他转过脸，满脸克制的哀伤。有什么东西在他的内心破碎，不复存在。这股哀伤崩溃了他全身的力量。他看上去非常软弱。一双年老的手摆在膝盖上。掌心和手指微微有些圆胖，发皱的皮肤上浮动着蝶影般的色斑。他们之间，没有过一句对话。

不知道为什么这告别如此沉默，而又肯定。缓慢，近乎凝滞。无人得知这分开之后的别离，是倏忽再会还是漫长无期。未来不可知。地铁在隧道中微微摇晃着前行。拥挤车厢中的人，神情委顿，身上裹着臃肿肮脏的大衣，仿佛流水线上被淘汰的木偶。车厢里的气味混杂而浑浊。我坐在他的对面，看着他的告别，又看到他的手。这双手，和我记忆中的一双手一模一样。

就这样我被剧烈而静默地击倒了。坐在这个老年男子的对面，在陌生路人的注视之下，双手掩住脸，流出滚烫的眼泪。

9

眼泪带有羞耻，这是被禁忌的压抑的感情。纯洁，如同裸体。而一个在地铁车厢中无法自控而哭泣的女子，是无能为力的。她在公众视野中曝露着自己感情中的纯洁与羞耻。所有的人装作视而不见。他们隐藏起自己的想象与评判。

十年之前，读高中，我时常独自逃课到郊外田野，流连到天黑。夏天的黄昏，湿润的暮色渐行渐远，收割后的稻田升起苍茫薄雾，空气中有河流，烧焦的稻茬，路边盛开的雏菊的气味，辛辣清凉。天边有大片赤红的晚霞，一层层重叠，蔓延，褪远，月亮的淡白影子已在天边隐约浮现。

面对空旷的田野，天地壮阔淡定的瞬间，这夜与昼的转换交接，呈现在眼前的时与地，使我感觉无限宁静而怅惘。是巨大的不能得到沟通的孤独感。无法抵挡，一个人蹲在田埂上哭起来。哭完之后，便把眼泪擦干，背着书包走到附近公车站，搭车回家。仿佛什么事情都没有发生。

眼泪直抵人心，具备深刻的抚慰。少年时如此充沛丰盈的感动。

成年之后，有时看一本书，看一部电影，听一首歌，见一个故人，眼眶也会隐隐有泪。但一旦有任何变故或重大的事端临到头来，心里却寂静一片，只听见肃杀的风声。某些时候，更是不能让别人见到自己的眼泪。背井离乡，颠沛流离，或是爱别离苦。

不流泪，是不让别人窥探到自己内心的纯洁。恨不能用层层盔甲包裹起来。如此坚定，才可以一意孤行。

现在。这天真直接而粗暴的力量再次回复到身体里面。我常常流泪，非常频繁。一个人在大街走着走着，会掉眼泪。躺在黑暗中，看着天花板，眼泪顺着太阳穴往下滴落。蜷缩起身体的时候，眼泪滑落在嘴唇里。办公室里灯光明亮，人很多，如果想不被发觉，就只能抬起脸大力吸气把眼泪憋回去。在小饭馆里吃饭，听到有人在对话，听着听着眼泪也会掉下来。

泪水随着姿势的变换有不同的轨迹，带来慰藉无以言喻。我想我是这样开始慢慢变老。

10

莲安是不同的。莲安从来没有在我面前掉过眼泪。我记得的，只有她的笑。她的笑有一种接近没心没肺的纵情。声音响亮，高调，有时候前俯后仰，不可自制。即使在极其难过或愤怒的时候，她的脸上也出现微笑。有一种不可琢磨的可怖。她是不喜欢掉眼泪的人。

良生。人的一生，不是用来做这些事，就是用来做那些事，又有什么不同。她说。她是暴戾天真的女子，带着决然。与人与事从无眷恋，不受束缚。是可以在任何地方上路的人，也可以在任何地方停留。这也许是一种断然的无情，却又有一种深邃。她的感情，不与人分晓。所有悲欢，是她自己内心的一声轻轻叹息。

我见到她。她坐在破旧小巴士最后一排靠左侧窗户的位置上。车厢里的人很少，有四五个藏民。车子在山道上开得飞快。我们是这路途上的旅人，并没有互相致意。她穿黑色麂皮外套，里面是白色细麻衬衣，粗布裤，球鞋。直发倾泻，戴着一对祖母绿耳环。眼角有细微的散发光泽的纹路。我有多年未曾见到这样自然而然的女子。随意而又优雅，带着可靠近的温度。是在中甸去往松赞林寺的路上。

她在松赞林寺的广场上，与年老的藏族妇女说话。语言不通，热热闹闹，只顾各说各，也能让她欢喜。那老妇发辫上缠红棉线，戴大颗绿松石和玉石的项链，上衣襟上用丝线刺绣艳丽的花朵，脸上皱纹如同沟壑纵横。不说话的时候，她们各自晒太阳。小狗和孩子在广场上跑来跑去。

阳光像暴雨一样打在地面，仿佛噼啪有声。广场前面就是高而陡峭的石头台阶，延伸而上，后面是寺庙，越过大门走进黑暗寒冷的殿堂，里面散发出一股浓厚的长期浸淫其中的味道，混合着酥油、熏香、阳光、尘土等种种气味。风中呼啸的彩色幡旗，哗啦啦响。透蓝的正午天空。莲安微微仰起脸，正对灼烈阳光紧闭眼睛，心满意足。

然后她的眼睛清透而直接地看着我，带着笑容。眼神似一束光。

11

我试图寻找丢失的阿卡。当寄养店在电话里告知我这个消息，我突然说不出话来。挂下电话，也不知该做什么事。也许应该找个人诉说，阿卡被丢失了，不知去向，我可以在叙述中分析清楚自己的感受。但我竟一连几天一言不发，仍旧一样地睡觉或者走路。有时似乎很长时间不想它。

一旦想起，我会记得一切细节。记起它的小脑袋埋在怀里的触觉，它的体温，爪子上复杂的气味，混合着它踏过的草地露水泥土的味道，它蛮不讲理的叫声。我总觉得它似乎会随时随地从什么地方出现，再与我互相厮缠。我的阿卡只是一条愚笨单纯的小杂种狗，受够娇宠，需要别人的照顾。我知道它不能够回家。

一个失眠的夜里，我撰写并打印了一百多份寻狗启事，在打印机的机械声响中直到天亮。打车来到郊外的寄养店，独自抱着一沓纸一桶胶水，在附近的墙壁和电线杆上一份一份张贴。

我在纸上写，寻找一条有褐色短眉的黑色长毛小狗。它的名字叫阿卡。若有消息，当面酬谢。我把自己的手机号码写在上面。还附上以前用数码相机为它拍的照片。照片上的阿卡被迫站在沙发上，仰着脸，眼睛又圆又大，惊奇天真的模样，仿佛一头小怪兽。我记得那个早晨雾色深浓，天色阴暗。我面对着空旷的田野感觉压抑，却发不出声音。

我似极力在这个世间寻找某种丢失的东西，并隐约觉得在做的是一件注定会失望的事情。心里清楚结果，欲念却执拗推动。眼看着自己如此贪恋不甘，感觉到难过。

觉得难过，但不是悲痛。我失去过更为重要及依恋的感情。阿卡也是我的感情，并是感情里重要的一部分。但我除了等待它能够随时随地出现的可能，并无其他选择。我期望别人给我打电话。几天过去，如我所料，一个电话都没有。

我知道自己不能轻易改变现状。一如现在的生活。

12

飞机抵达昆明机场之后，直接来到汽车站。买了去大理的大巴车票。

从昆明到大理。这是漫长乘车路途的第一站。车里的旅客很少。车子很快开上暮色中的山道。有人三三两两地开始躺在位子上睡觉。把额头抵在窗玻璃上。沉寂而丰饶的田野像摊开的手心，树林边上有月亮清凉的轮廓。村镇的灯光在远处如水流动。大巴车的速度开始加快。

拧开矿泉水的瓶子喝水。除了喝水，一点食物都没有吃。一点一点地喝，让它们在喉咙处停留尽可能长的时间，慢慢咽下去，适可而止。这是在一次长途旅行中，一名登山运动员给我的关于喝水的建议。所有专业性的建议都是持着安全谨慎的态度，无非是针对节制及自我控制的问题。我慢慢开始接受这些劝告。

大巴车抵达大理，换坐小巴来到古城。已是深夜。打通预订的旅馆电话，他们说马上派人来接。小镇在夜色中仿佛是一艘停泊下来的航行太久的船。窄窄的石板路两边，是低矮的小商铺，挂着老式木窗板。月光映照着颓旧屋顶瓦片上的野花丛。没有任何旅客的身影。杂货铺的灯光昏暗，有狗顺着墙沿的阴影跑过来。

我站在空寂街头的拐角处，把庞大而肮脏的背囊靠在墙上，支起身，点了一根烟。

前一次旅行是在新疆，历时近一个月，沿着地图上的路线一个地点一个地点地走下去。长途的暴走，带给人的意义究竟是什么。我不知道。只是日以继夜，在不同的汽车站到达并且出发，披星戴月。在小旅馆坚硬的睡床上辗转反侧，难以入眠。在公路餐厅里与形迹可疑的陌生人混杂而坐，面面相觑。物质退化到粗糙贫乏的时候，心似乎随着修行般的跋涉日益清朗。

身体的物理移动使灵魂产生速度感，不住于时态中。这是一个中间地带，所有的问题都可以被暂时搁置，被忽略且不提及。我的生活中一直存在着时轻时重、始终未曾解决的问题。它们在时间之中，时而浮出时而沉没。在我二十七岁的时候，有一些问题再次显得重要。我知道这与观光风景无关的荒芜冬季旅行，对我来说，仅仅只是一次暴烈行走。

来领路的是一个老人及一个孩子，笑容善良，拿过我的行李，引我走过小镇铺着青石板的街道，他们说明天清早会有集市，可以起来看看。走进旅馆的石门，庭院里迎面一株古老的桂花树，墙角大盆兰花和山茶，廊檐挂着红灯笼。只有我一个住客。

二楼的房间小而整洁，纯木头结构，厚重磨损的木门打开的时候会吱呀吱呀惊响。深夜寒气浓重，他们抱来电热毯。我卸下灰扑扑的大包。脱掉沾满尘土的羽绒外套、棉衬衣、牛仔裤以及球鞋，赤裸身体踩进浴缸里，用微弱的热水冲洗头发和身体。卫生间里有一扇小小的窗，望出去能够看到模糊的高耸山影。我放了小半缸的热水，泡在里面。

屋内灯光昏暗，我在热水中抚摩经过长途飞行和坐车的疲惫双脚。这是第一个在旅途中安顿的夜晚。吹干头发，躺进被窝里，用被子裹住自己，把身体蜷缩起来，就着床边灯光，从包里翻出《圣经》。《约伯记》已读过数遍，纸页上有手指反复抚摩留下的折痕。用小铅笔在印象深刻的文字下面画线。

"人为妇人所生，日子短少，多有患难。出来如花，又被割下。飞去如影，不能存留……树若被砍下，还可指望发芽，嫩枝生长不息。其根虽然衰老在地里，干也死在土中。及至得了水气，还要发芽，又长枝条，像新栽的树一样。但人死亡而消灭，他气绝，竟在何处呢。"

约伯面对生命苦痛，反复质疑、思省，以求验证。他的疑问，执拗而肯定。

长途劳顿的疲累袭卷上来。我取过烟灰缸，点了另一根烟。

13

他的脸在火光跳跃间逼近眼前。那是他在殡仪馆即将被推入火化炉之前的脸。两颊有被涂抹上去的淡淡胭脂，眼睛紧闭，脸上的皮肤像是用布做成的，没有光泽，没有温度，神情淡然。他的肉身即将化为灰烬，这一眼是我们之间最后的世间因缘。我在心里已经要放他走，手却依然在抚摩他。

我抚摩他。也许把一生里亏欠他的抚摩都还给了他。包括他所亏欠我的。这是一次清算。清算唯一的结局，是这个世间唯一一个会用忧伤的眼神注视我的男人即将消失。这是永久的缺失。要用一生来计量。这一生的衡定是，在我以后的日日夜夜里，他的肉身将不再出现。我们不再会相见到彼此的脸。可是一生看起来还是太长了，漫漫无期。黑暗海洋中的一点微光，稍纵即逝。

我看到二十三岁的年轻女子，对她的父亲说，我要离开你，离开这个家庭。他在医院的走廊里坐起身来咳嗽，对我说，你回来了，真好。他昏迷三天，没有醒过来，一句话都说不出来。也就没有遗言。在他死去的那个夜晚，我整夜坐在他的身边，看到南方故乡微蓝潮湿的天空，雨水，离弃已久并不能回归的家。漫长的失望的时光。

于是我哭泣。用双手掩住脸，发出胸腔会破裂一般的声音。后来我便失去这声音。

我说，莲安，后来我便失去这声音。原来人的老，并不是一年一年持续的进程，而是在瞬间发生。就像田野当中一道洁白而疾速的闪电，突然被击中，足以致命。

走廊里有风吹过桂花树枝叶的细碎声音，灯笼光影摇动。远处有隐约狗吠。在陌生小镇的夜晚，我用手臂抱住自己，蜷缩起身体，以一种婴儿在子宫里的状态进入睡眠。

14

在大理的小旅馆，我住了很长一段时间。不知道自己为什么喜欢这里。

早晨起来去街上赶集，坐在屋檐下晒太阳。租自行车沿着洱海岸边骑车，累了在豌豆田边睡觉。苍山上十六公里的暴走，溪涧在冰雪覆盖中发出回声。在崎岖回旋的悬崖山路上暴走，可以忘记一切的事。护国路上的酒吧，在晚上有一些鬼佬出没，人不算多，但也热闹。在蜡烛下面吃一份意大利面条，木桌子上用清水插着鲜花。独自出行的年轻男子坐在街边，背着行囊，目光炯然。情侣们在接吻。吃完面条，喝完一杯热茶，起身离开。晚上去电影院里看电影，买一块钱一纸包的盐炒葵花子，看劣质电影，直到沉沉睡去。醒来，买一把游戏币，在电影院门外的电动厅玩赛车游戏，输得精光。半夜去街边小摊吃热食，云南的食物咸而辛辣。有时用乳扇配一点葡萄酒。常常觉得饿。

花费很多时间流连于一家又一家的店铺和小摊，收集绣片，并用笔记本记录下所得到的民俗工艺知识。绣片是少数民族用来装饰衣服，家居，孩子的布片。年代长远。绣法分很多种。抚摩刺绣的纹理。布料上有灰尘的气味。沉郁和谐的配色以及细腻的手工依然清晰。图案大部分是龙、鱼、牡丹、鸟或含有特定意义的纹路。不知道这诡异的美感是一种天性的禀赋还是用来抵抗生死的轮回。犹如被构建的一个关于世界的幻象。

钉线绣，是把绣线固定在底料上钩成纹样。先用较粗的线或丝织带铺排纹样，并用较细的线将绣线或织带钉住。钉线绣多用于圈划纹样轮廓。

数纱绣。根据底料的经纬网纹进行刺绣。绣法平整，整齐，呈几何图案。

皱绣。先将红线编成辫样，再将丝辫按图纹需要折皱做花，用丝线钉在绣布上。图案凸显在外，犹如浮雕。皱绣技法费工费时，但效果奇美。

锁绣。非常古老。春秋战国和秦汉时期广泛运用，双针法和单针法。刺绣时双针双线同运，形成图案。

三蓝打籽绣。取多种色相相同、色度不同的蓝色绣线形成深浅变化的纹样。打籽又叫结子、环绣。

平针绣。将绣线平直排列，组成块面。每一针的起落点均在纹界的边缘。

这一切没有目的的行动，使我的内心如同揉皱的绸布被一寸一寸熨平。我为之深深沉迷，并在大理延长停留日期。

15

在丽江只待了两天。虽是淡季，人依旧很多。若赶到旺季，几乎不能想象。这个被过度开发的古城，现在只是一个代表着商业和盲从的旅游地。多如牛毛的商铺令人厌恶。凌晨和深夜，流水的声音才显出一丝惆怅。但是在白天，这些人群极其麻木的享受姿态，更接近是一种盲。

离开的凌晨，我在四方街旁边最早开门的小店里喝一碗粥。小巷子雾气弥漫，石子路是湿的，星光淡薄。早起的当地人扛着锄头走过，准备开始劳作。我知道它是美的，只是沦陷了。我已难以在此地久留，扛着背囊，又坐回长途车上。

16

曾经，我认为孤独是羞耻的事情，不应该让别人看到，也不能让别人听到。母亲在我七岁的时候和他离异。母亲临走之前做了最后一顿晚饭。我放学回家看到桌子上的菜。一只一只揭下菜碗上面为了保温倒扣着的白瓷盘，是红烧笋和雪菜黄鱼。母亲通常只在过年时才做这样的菜式，于是我知道母亲已经离开。

他坐在桌子对面一言不发。我们在一只刺眼的灯泡下面吃晚饭，厨房的水龙头发出滴水的声音，吧嗒吧嗒，掉落在水槽里。隔壁传过邻居家的电视声音和小孩笑声。我的心中充满失望，闷头吃完饭，走进卫生间，关上门扣上门锁。他跟过来，在门外走动，迟疑，用手指轻轻叩击房门。最终没有说出一句话来。

我们从来不彼此表达感情。不管是爱，还是失望。似乎这表达是被禁忌的，带着羞耻之心。我在空荡荡的家里尝试独自入睡，他还未回家。彻夜亮着灯，灯光刺眼，无法睡着，偶尔睡过去，醒来时眼睛灼痛。我在枕边放一只苹果，睡觉的时候捏着它。这是我深刻的少年记忆。像打在眼睛上的伤口。

之后我独自吃饭，睡觉，做功课，处理自己的情绪和内心。因为这就是我所面对的生活，我必须学习接受。我逐渐习惯独自相处又一直非常憎恶没有人在身边，矛盾而无法捉摸的感情。我没有学会与其他男子妥当相处的方式。

如同宿命。这阴影促使一个人用更为剧烈激盛的方式对待生命。极需要弥补、探究、摸索、分辨与改造。我再不能够确定和相信那些人和事。

后来我想，我是在用不妥协和颠沛流离，追寻在漫长时光中所缺失的感情及安全。追寻失望，就像碰石头的鸡蛋，顽劣而执拗的生活，并因对抗而充满毁灭感。

17

在乡城停留一晚。在网吧里阅读电邮，然后一封一封地删除。我站在有坡度的黑暗街道上，决定找小餐厅吃一碗热面条。旅店里有污迹的被单散发出陌生气味，不能洗澡，停电。我点起蜡烛站在窗边，看远处高原上的山影。

半夜醒来，隐约中，我看着旅馆小房间里的背囊，床头散落的衣服和矿泉水瓶子，茶几上留下的零散烟头及咖啡。窗外是在夜色中的高原小镇，万籁俱寂。突然之间，我不知道自己身在何处，又在何时。

似乎是在很多年之前，坐着夜晚的大巴士，去往某个陌生城市。一个人坐在窗口边，看着外面的小村小镇明灭的灯火，虽然疲倦却清醒。亮着灯的房子，代表一处人家。但我不觉得一个亮着灯的房子，就是一个家。

家是可以让自己甘愿停留下来的地方，有很多人聚集在一起吃饭的地方，有人可以拥抱在一起入眠度过漫漫长夜的地方。即使是小旅馆的简陋房间，只有一张床，但若觉得温暖安全，都可算是一个家。

我带着一只旅行箱去寻找意愿中的家。行李里有衣服、挑选出来的一堆书、CD、旧的玩具熊，都是不舍得离开身边的东西。还有户口本及身份证。把自己的过往与未来都留在身边。孤身前往一个全然陌生的城市。是为了与一个陌生的男子结婚。那年我二十四岁。

那个年轻的男子坐在麦当劳餐厅座位上。时间太匆促，我们只见了半个小时。半个小时里面没有对话，灯光刺眼，周围是人群，门开开关关，潮湿的冷风吹刮进来。他穿着旧的线衣和一双黑色马丁靴，邋遢落拓，用着鸦片香水。我看着他无辜而童真的唇角。他破产失恋并刚刚从吸毒的阴影中恢复过来。意兴阑珊。他甚至比我还小一岁。

见完这半小时，我便回去。他打电话来，我说，我们结婚吧。他说，好。于是我就跟着他去。

我的第一次婚姻，是和一个只见面半小时的陌生男人。因为他
及他带来的关于幸福的错觉。这段婚姻草率匆促，甚至来不及分辨
自己是否爱他，但却能清晰地确定，因着他给予的婚姻，我能够离
开家，离开自己的城市。这样的代价，我想过必定会偿还。只是那
时不知道这代价竟会如此艰深。

他来车站接我。我带着行李来找一个家。我们去民政局做了登
记，然后我跟他回家。在出租车上我们离得很远，彼此依旧是陌生
人。桌上只有剩余的饭菜，我在他母亲的审视之下，喝完一碗冷的
稀饭。他富足的家里都是生疏的气味，并不温暖。我在他的房间里，
一件一件拿出自己的衣服，铺平叠好，知道要和他一起生活。

冬天的夜晚漆黑寒冷。他洗完澡，穿一件棉 T 恤，头发湿湿地
推开房门走进来。在黑暗中他拥抱我，他说，让我抱抱你，好孩子。
他过来需索我的身体，摸索及贪求温暖和安全。这巨大的生之愉悦
掩盖所有真相。这落寞失意男子需要新的生活，我也是同样。我们
尝试去爱彼此，但这幻觉中的爱稀薄，无着，只能够暂时取暖。一天，
或一夜。

我们都很穷。没有房子，住在他父母的家里。他失业，彻夜

打电脑游戏，无所事事，一味沉堕。我找到一份工作，冬天天未亮便摸黑起床，用大围巾包住头，走去车站等公车，喉咙里都是刺痛的冷风。需要一个多小时的车程才能抵达繁华市区中心的写字楼。

坐在公车上总是因为睡眠不足昏昏欲睡。有时候凌晨两点左右才加班完回家。谋生艰辛，但因为年轻，以及强盛的希望，我从不觉得苦。这是自己选择的生活，甘心承担。

只是想有一个温暖的家。但不知为何，一直不能够得到。希望日渐磨损，知道得到感情是一件困难的事情，而我并不懂得该如何付出。无可妥协。两个月之后，拎着来时的行李箱搬了出去。那只黑色行李箱里，依旧只装着来时带的一物一件。没有任何改变。我与他正式分居。

莲安。失望有时候看起来是沉痛的事，因你觉得对这个世间无所依傍，无所需索，只留得自己。用右手握住左手，依旧只是觉得寒冷。

从中甸到乡城要经过大雪山垭口，海拔五千多米。没有呕吐，只是呼吸困难。从来没有听到过自己的呼吸，能发出这样清晰而用力的声音。

一旦失望并且坚韧，人也许就能清晰而用力。

18

常常凌晨四五点起来赶早班车，深夜抵达又一个荒僻的地点。

我知道自己在一段又一段地贯彻地图上那条路线。坚定，并且清醒。在客车上睡觉。有时下车抽根烟。那日司机在停车加水，我走到悬崖边上，看到尼西。幽深高山顶上的村落，安置在山谷腹地。藏民的房子，草堆和炊烟，星星点点的牦牛群散布。仿佛是存留在天堂边缘的地方。

看着这个一期一会的小村落，我有预感这个群山深处的村落，也许是这次路线中最美丽的一处。但我即将路过，并注定失遗。我希望自己能够记得它。

到中甸，旅行淡季中又一个荒凉的县城。住进县城里唯一一家四星级酒店，自从离开大理，很久没有洗热水澡及好好地睡上一觉。足足睡了整个下午，在窒息中惊醒。窗外阳光灼烈，海拔越来越高。

在房间的床头柜上，有牌子写着，如果你有危急情况，请即刻拨打电话。

我走到依拉草原去看纳帕海。草原和山都是枯黄，野鸭子在水上飞行。走了很长时间，周围只有肃杀的风声。躺在草地上睡着了。

寂寞到极点的路途，因着深渊般寂静的蓝天，冰雪和烈日，把人逼近崩溃边缘。我在浴缸里放满热水，慢慢沉下去，沉到水底，屏住呼吸。第一次觉得，也许可以在这高原旅馆中，不为人知地独自死去。

19

工作尽心尽力，开始身负重职。并渐渐有了钱。有了钱便对这个城市有了控制。我开始进入大百货公司买奢侈品安慰辛劳，偶尔也尝试与男人约会，在酒吧喧嚣声色中与陌生的身体拥抱，感觉索然。我发现自己不会爱了。心失去这贪婪接近激烈的渴求，无动于衷。我只是在这个海洋般的大城市里，独立并且谋生。并且非常寂寞。

童年的噩梦再次重复。独自在刺眼的灯光下醒来，眼睛灼痛。父亲还没有回家。他在外奔波，只留得事业为自己支撑并试图满足。

而我那时只是一个孩子，想有一个温暖的家。不知为何，即便我已成年，目前仍不能够得到。

男人来看望我，等在无人的走廊里徘徊。我回家来，在楼梯口先闻到他的香水味道，立即轻轻走出门，不想与他相见。我相信他依然有柔软的心对我，只是对我们关系的现状，也依然无能为力。我再不想见到他。不是因为他。而是生活，折堕了我对爱的妄念。

我所记得的，只是我们之间第一个夜晚互相拥抱时，某个瞬间的爱。他收留了我与我的幻觉。幻觉稀薄，即使再剧烈，仍只是烟花，爆开后，留下一地冰冷的尘埃。那些是失望的事情。

不想再见到他。开始明白，不爱着的女人，会变得坚不可摧。母亲一定也曾经这样独自用力，并且坚韧。每一个离开的决定都是失望。也许母亲的失望只是不曾得到倾诉。但母亲也一定寂寞并且独自用力而沉默。就这样，我在近二十年之后，想起母亲的脸，终于原谅了她。

其后，男子终于答应结束这三个月的婚姻。那年我不过是二十四岁，却觉得已过完了此生的大半。

20

　　与他结束婚姻之后，离职，搬到新租的小公寓。不再觉得朝九晚五的工作具备意义，决定离开这城市。我想自己也许从未真正爱过某个人，却一直在追寻感情。像一个走在路上的人，所有邂逅的人，最终发现都只是过河的石子，而不是我可以停靠的岸。

　　父亲来看望过我一次。坐很长时间的长途车，神色憔悴。我看到他忧伤的眼神缠绕着我。这个会忧伤地注视我的男人，是我的父亲。不管我如何离开，都可以获得他一再的原谅和宽恕。我是他的女儿，来自他的骨血，被他娇宠，所以对他有怨悔。

　　我在厨房里做晚饭，做了红烧笋和雪菜黄鱼。这是母亲曾经做过的菜，然后她离开了我们的生活。两个人相对闷头吃饭，我看到他俯下头时，头发中有白发，伸出手轻轻触碰他的白发，他开始害羞，逐步退让，不让我碰到他。

　　吃完饭，他对我说，跟我回家去，囡囡。他又开始唠叨对那个男子的不满，借以隐藏对她这种颠沛生活的辛酸之情。我心里烦躁，要求他停止。对他叫吼。于是他便沉默。两个人的沟通经常这样，最终走入僵局，不知该如何正确表达。我觉得羞愧，我看得见他的感情，知道这是世间我唯一取得的恩慈，即使如此不妥当，并且生硬。但毕竟是暖的。我走进厨房，泡一杯热茶给他。他接过，轻轻叹息一声，不再说话。

我收拾碗盘站在小厨房里洗碗。听到他走近，又走远，犹豫着想靠近，终究没有进来。这样的欲言又止非常熟悉。我把手放在冰冷的水流下，看到自己的少年，眼睛灼痛，却没有眼泪。

晚上他匆匆返回，知道我不肯跟他回去，不歇息就要走。送他下楼，走到街头，看到他因为腿疾微微趔趄着走到马路对面，与我遥遥挥手。他终是不能将我带回。我已是一个他彻底无法了解的倔强坚韧的女子。明白对方内心的痛楚，清楚分明，无法拥抱，不能够互相取得抚慰，甚或不能用语言来沟通。就是这样封闭而压抑的感情。也是我一直在渴望叛逃的阴影。

我猝然转身，便往回走。莲安，那种疼痛，像一枚钉子。不能遗忘。

我们相爱，不可分割。彼此信任，如同血脉贯通。我们懂得，一眼就看到彼此的心底。互相怜悯，却并不宽容。伤害对方，斩钉截铁，不留余地。我的发肤骨骼来自于他，善良无辜。我的精神意志隶属于他，无能为力，但决意叛逆。要离开他，不惜一切代价。

有些事情不能遗忘。如果你记得，那说明内心甘愿。而其他的，只不过是一些失望的事。

我坐夜班飞机去往北方，带着简单的行李。独自用力，那么坚韧，近乎残酷。断然不能回去。如果回去，这付出的一切代价该如何偿还。在飞机上看到灯光迷离的城市，瞬间就被夜空覆盖。我拉下遮窗板，关掉阅读灯，把身体蜷缩起来。在轰鸣闷热的飞机中闭上眼睛，试图遗忘所有失望。

我尚未得知生命的真相，也没有相信。于是我睡着。

21

二月稻城，旅人罕至。一些商铺和旅馆都已关闭，街上有一些人群聚集着看电视，晒太阳，交换作物。最主要的大街，只需要十分钟就能从南走到北，从东走到西。只有四五月，这里才会到处挤满四面八方汇集而来的人。

我住进一家藏民旅店。放下背囊，独自走到街上，在一家小饭馆里吃了一碗辣而油腻的牛肉面。吃到一半放下来，只能喝茶。出来这么多天，似乎没有吃饱过。

走到街上的录像厅去看电影。录像厅以前也许是饭馆，因为经营不善而停业。墙上靠着油腻破损的大圆桌，窗户都被封闭起来，隔绝阳光，阴湿黑暗。几排长木凳，稀稀拉拉坐着几个当地人。给老板一块钱，可以在这里坐整个下午。我反正也无事可做，选了最后一排的边角位置，把头靠在僵硬的椅背上，闭上眼睛。我已买好明天一早的车票。随着对成都的日益接近，这一路荒芜的旅途即将走到尾声。

在喧闹的港产武打片打斗声响中醒过来，觉得浑身寒冷彻骨。起身准备离开。就在这时，前排的位置上站起一个女子的身影。她转头看到我，脸上露出笑容。这笑容熟悉，眼角闪烁的细碎光泽的纹路。她的眼神，像一束光。她说，我是尹莲安。

我们一起走出房间，决定找一家小餐馆吃饭。大黑狗在破旧桌子底下钻来钻去，桌子油腻肮脏，米粥却熬得很香，热气腾腾。莲安递给我烟抽，云南产的茶花。我看到烟盒上有两句话：与君初相识，犹如故人归。她又从背包里拿出一瓶酒。说，看我带了什么。我们晚上喝点酒。我喜欢在睡觉之前喝一小杯，即使寒冷，睡在肮脏的床上，又好几天没有洗澡，喝了之后就忘记了这一切的事。

她说，出来已经一个多月。这趟冬季旅途感受不同，只是安安心心地赶车和睡觉，看日落的树林和山峦，喂狗，晚上和村民烤火聊天，在河面厚冰上走路，爬冰冻的山。

她说，西南的高原阳光明亮充沛，打在额头上，就像雨点一样倏倏有声，和热带阳光有很大不同。后者灼热细密，前者却是会像棍子一样有力地打过来。把脸整个赤裸地坦呈出来，晒肿了，晚上用手覆盖住脸，皮肤热烫。鼻梁和颧骨上有胭脂般灼伤红斑。

她说，用相机拍下一些黑白照片，冲洗出来收藏。那是对时光的某种记忆。我称之为记忆快照。

她说，想做一本摄影集。所有的图片都只是关乎记忆。

她在餐馆昏暗的灯光中微笑，皮肤闪烁出鱼鳞般细碎的光泽。我看着她皮肤，额头，眼睛和嘴唇的形状，眼角那些隐约妖娆的小细纹，觉得她很美。我们很快喝空那瓶酒，把那瓶酒当成水一样在喝。脸孔开始发烫，身体感觉柔软。她说，喜欢吗，这些液体在你身体里面的声音。你喜欢吗。她已经喝醉，但落落大方，纵情肆意，言行十分真实。很少有女子能用这种方式说话。

莲安的身上有一种豪情。而有时她会缓慢而仔细地观察身边的事物。

走出餐馆，我们走上延伸向远方的宽阔的大公路。山坡上有石塔和幡旗，小镇空旷荒凉。去往他方的大公路像洁白的飘带迂回围绕着茫茫群山。她在公路上张开手臂像鸟一样奔跑，一边笑，一边发出大声的尖叫。良生，来。想想你多久没有奔跑。她脱下身上的大衣缠在手臂上挥舞着，洁白的衬衣像翅膀打开。

即使在很多年之后，我仍会记得在这空旷的冬日公路上，奔跑时心脏发出咚咚的沉闷声音，以及喉咙中的剧痛。冷冽的空气使我们停下来时开始咳嗽。然后我们分了烟，坐在马路当中抽烟。晚上零下的气温，月光照亮夜色中的河滩与树林。沉寂的田野像摊开的手心，村镇的灯光在远处流动。河面上的冰块发出分裂时清脆的声音。

22

大巴在深夜抵达成都。一路疾驶过高速公路上的茫茫大雨。我蜷缩在最后一排的长座椅上睡觉，醒来时看玻璃窗上的雨。雨水痕迹一条一条滑落，斑驳交错。半路车子在小餐馆前停下，零星的几个乘客吃晚饭。我淋着雨跑到小杂货店里买了一包榨菜，撕开包装袋吃了两片。又回到汽车上，继续睡。

雨天的昏暗暮色中，他的脸靠近，清晰逼真，好像此刻正安静地站在我的身边，伸出手就可触及。七岁，他拉着我的手送我去转学的小学。我穿着刺绣的绿色布裙，跟他走进学校的大门，抚摩到他手心粗糙的纹路。入学考试测验，只得了二十分。班里的同学已学到乘法，而我在原来的学校里只学到加减法。我看着试卷，怀疑他们把加号印得歪斜。无法提出疑问。一切关于乘法的题目都用加法来做。全部做错了。

老师说，先这样吧，先进来读着试试看。带着不可违背的错误，走进人群之中。无所适从，感觉紧张。疑问沉默在内心深处。十七岁。他带我去旅行。他在火车上一路看报纸，我穿着白衣蓝裙，沉默地看着窗外的油菜花田一片灿黄，渐渐疲累然后睡去。我们看苏州园林，他的腿开始走不动，跟着我亦步亦趋。囡囡，他说，你要看什么就去看，我会在你后面。他不知道怎样才能够给我更多。这已经是他所能做出的最大努力。

二十三岁。我终于对他说，我要离开那个家，离开他。我对他说，给我一点钱。他递过来的信封里有两千块钱。他说，你去去就回。他以为是一个星期，最长也就一个月。结果一去就没有再回头。

逃去另外的城市，决定与只见过一面的陌生男子结婚。

在我最需要支援的时候，他没有提供帮助。即使后来得知我已结婚，依然为难。打电话去别人家里，对男子的家人说，我女儿不会和你们在一起。让他们离婚。

他这样骄傲，不愿意承认我独自流落在外的辛苦。搬走之后，男子的母亲有时候打电话来说，你有没有照顾他好好吃饭，你怎能让他独自在外那么久。我说，你儿子是人。我也是人。我挂掉电话，全身颤抖。这些细微小事及不上后来我对人情的失望。人情原有更大的稀薄和不仁在后面。但那时候我还年轻，有充沛坚定的恨。这恨让我的神情坚强。我的脸部轮廓就此发生变化，变得坚韧并且分明。

在最难受的时候，我不能打电话给任何人，获得丝毫告知和抚慰。他也不能。即使他是父亲。我们更加疏远，因为对彼此的失望。都是这样自私的人，只想着自己。我鄙视他郁郁不得志的生活，不想与他一起沉堕，一定要远走高飞。同时，我内心明了，这个令人失望的男人，是世间唯一一个会对我付出无偿感情的人。

我无路可走。莲安。

他离开的那个夜晚，我与他，在太平间的最后一晚，对我来说，好像走到生命的某个边界。在这个边界之前，我有盲目无知与时间对抗，有坚定的爱恨与世态炎凉人情冷暖对抗，有激越的幻觉与失望对抗。之后，我知道自己无能为力，一切惊惧也不复存在。我开始不再计较无关的人的感情。不再有分明的爱与恨。我拥抱着他的尸体，验证到我对他的需求。感情，我需要他的感情。这永久的感情的缺失所带来的渴望。他使我流离失所，找不到归宿。

莲安。我想起他。断断续续，时时刻刻。他像微明的光，照在我的眼睛上。我知道回忆是我们能够占有的唯一财富。它不是痛苦。

我躺在大巴堆着行囊散发着肮脏异味的后座上，闭上眼睛。觉得很渴，头昏脑涨。滂沱大雨的夜晚。十一点五十三分。走了一个月零两天。我的旅途终于抵达终点。

莲 安

1

我喜欢丰盛而浓烈地活。良生。但也许那只是我的幻觉。

莲安十七岁时，在广州的酒吧里唱歌谋生。有些人一开始便知自己会做什么样的事情，但有些人不是。对莲安来说，唱，是轻易的事情，只是用来谋生。她与男友保罗一起住在地下室，白天他出去倒卖盗版碟片，她在阴暗闷热的房间里睡觉。晚上她去酒吧唱歌，有时候去录口水歌。一切只是为了活着。活下去。活在某些时候是血液唯一现实的渴望。他们都很贫穷。

她不觉得世间不仁，只因为年少无知。只是胃留下饥饿的阴影。这种饿，她很熟悉。我的母亲临，小时候很少拥抱我，甚或从来不抚摩我。她说。因此她的皮肤过分敏感，幼时常常会突然发红发痒，或无来由就患得某种皮肤疾患。五岁的时候出水痘，浑身上下长满水疱，密密涂满紫蓝色药水，被别人嫌恶的眼神封闭。临不让她出门，把她锁在房间里，只让她晒太阳。临说，把你自己消消毒。临并不安慰她。在剧烈的阳光下，她感觉到每一寸皮肤都在炙烧，分裂。亦觉得皮肤在饿。皮肤的饿，后来侵蚀到胃。

她吃食物，对食物有贪婪之心。吃得太多。少年时土豆白薯这样的淀粉质食物尤其能满足她，有时候半夜也会去厨房偷东西吃。甚至一把一把地把冷饭塞进嘴巴里。饿，仿佛是某种疾病。

即使当她后来变得富有，出入高级餐厅只当等闲，吃食物仍是匆促慌张。吃饭速度很快，不懂得细嚼慢咽。填充是唯一目的。食物是唯一的抚慰。在落寞、难熬、怅惘的时候，首先想到的是以吃来解决。她喜欢软的热的甜腻的东西。她只是不发胖，身体始终瘦仃仃，单薄如同少女的轮廓。背上两块突出的蝴蝶骨，随时可飞坠般的艳丽。

她喜欢明亮的灯光。瓦数越大越好，刺眼如正午阳光，照在额头上。带来温暖，好像拥抱。舞台上的光，灼热刺眼，可以让人的眼睛几近盲。一旦盲，你就会逐渐沉落在黑暗之中。她说。从舞台回到后台的时候，她的脚步趔趄，根本看不清楚。她说。一团漆黑。就是一片黑。

灯光打在墙角窄小的一侧角落上。有人在叫她，莲安，莲安，准备上台。她在酒吧布帘后面堆着啤酒箱子和杂物的小房间里，对着镜子，脸颊已抹上深红胭脂。她二十岁的时候，因为年轻从来不扑粉，只是喜欢胭脂。胭脂仿佛是情欲，无知热烈。她带着自己桃花盛放的脸，穿上廉价的镶着人造珠片及粗糙尼龙蕾丝的裙子，高跟鞋走至一半，在地板上晃折。摇摇晃晃。她走上窄小的酒吧舞台，音乐响起，黑暗沉落。

音乐响起，黑暗沉落。我逐渐沉没至大海。她说。深海之下，翻动的潮水，有圆柱状的明亮阳光，穿透空气和水，直直地倾泻。屏住呼吸，向那光线潜伏过去。水波包裹住她的眼睛，咕嘟咕嘟的小气泡繁盛地升腾。用力呼吸，试图浮出海面。她听到自己从胸腔里发出的声音。她在唱歌。

她唱歌，逡巡在水里。潮水贯注在她的胸腔，发出回声。这是她一个人的海。与酒吧里的烟草，嘈杂，喧嚣，没有任何关系。与所有在听或不听的人，没有关系。她坐在高脚凳上，手把住麦克风的支架，上下移动，仿佛抚摩着情人的皮肤。她闭上眼睛，假装看不到人世，只看到幻觉。幻觉中，潮水起伏，记忆深处的海。

我喜欢丰盛而浓烈地活，即使是幻觉。良生。她说。但幻觉太容易消失。也没有温度。

2

六月，我在上海见到莲安。她有一个小型的摄影展，邀请我过去参加。

在辞职离开杂志社离开时尚圈子之后，我很少出席派对或聚会。只觉得这种场合，极有可能见着不喜欢的人，性格里有洁癖。但她的请柬过来，我立即买了机票飞去上海。四川一别之后，我们已三个多月未见。

我是一个朋友甚少的人，或者说根本就无朋友。莲安在某种意义上，也并不是我的朋友。朋友对大部分人的含义，是围绕在身边有关系、有价值的人。但莲安不属于锦上添花，也不是雪里送炭。她是我生命中一扇门，轻轻推开，无限天地。我知道她是等着的人。

在晚上十点左右，抵达上海。先在陕西南路一家小酒店开了房间。房间很小，在楼的转角处，透过二十层楼房间的大玻璃窗，看到夜雾中湿漉漉的道路。茂密的梧桐树和旧别墅的尖顶在橙黄灯光中凸显。我站在浴缸的花洒下长时间用热水冲淋。换一条干净的粗布裤，白衬衣，盘好发髻，去找莲安。

高速观景电梯唰唰上升，身边挤满盛装的人群。艳丽女子的脂粉钻石小礼服，男子油头粉面，透露出十足的伪中产阶级的富足味道。开设展览的酒廊在一座三十七层大厦的顶楼。紫黑两色为主色调，豪华富丽。这些落差和旅途上的莲安区别很大。但我知道，我现在接近的也是她现实生活的组成部分。摄影是她最近才做的事情。之前，她是一个出唱片的当红艺人。

我的随意衣着和周围的人区别很大，但也不觉得尴尬。独处更好。不知道莲安在哪里，不先急着找她，独自走到里面去看照片。

混乱的厨房，男女的裸体，桌子上吃剩下的食物，派对，手术，各种神情迷惘的脸，凋萎的玫瑰，脱落的衣服，阴影中的街道，神情迷惘的小摊贩男人，空的可乐罐，炙热的海洋性气候的城市，乞丐与垃圾铁路，旷野，一些建筑……图片是用数码相机随手拍摄的。色彩和构图漫不经心却气质强烈。

还有一些自拍照片。她拿一瓶百龄坛坐在屋顶边缘喝酒，身边蹲着四五只猫。独自在电影院的黑暗里入睡。和男人坐在酒吧里，手里夹着烟，笑容羞涩如少女。

这是我第一次见到她的作品，虽然心里有诸多意料，但仍是震动。一张一张地看过去，觉得汗毛轻轻哆嗦。她处理细微琐碎的细节，角度诡异，却具备一种迅猛的力量。它们让人感觉自己被这种敏锐和脆弱击倒。这些细节如此隐秘，某种寓意也许只有她才懂。但你能明白，这就是生活，现时现地的生活。

这些照片具备太强烈的现场感。它们是一些标志，一些印记，一些回忆。是对曾经存在和已经死亡的所有细节的直接截取。在图片里，她对摄影对象不抱任何偏见。也可能根本就没有观点。她只是展示记忆。她珍重对待记忆。

然后我看到自己。莲安拍了我穿着粗布衬衣的上半身，背影，越南髻。每一根在阳光下闪烁光泽的发丝清晰呈现，包括镶土耳其玉与珠母贝的旧银簪子，衬着深蓝的天空和白墙。小半部分侧脸，从额头直到下巴的线条，收紧的轮廓。作品的名字是一个拼音：Sue。她懂得我，知道我身上发生的那些特别的时刻。耐心捕捉。

我离开那些照片，不让自己继续看下去。

走到吧台边要一杯冰水，身边有一帮人低声说着话，侧耳一听，是在用一种隐秘而迂回的方式取笑莲安。四五个男女心照不宣地发出笑声。拿着主人的请帖，喝着主人提供的免费香槟，当面见着盈盈笑恭维不断，背后就诋毁讥讽。但这是她所在的圈子。此刻，我已远远地见到莲安。她被一堆人簇拥着，有记者打着灯在对她拍照。

她穿着西班牙弗拉门戈风格的滚边雪纺裙，纯正的石榴红色，戴一对碎钻长形耳环。黝黑，清瘦，长发浓密。脸上有胭脂。那是在旅途中不能见到的美艳。她平时邋邋松散，稍一化妆，便熠熠发光。她身边还有一个女子，穿旗袍，短发，脸部轮廓清晰，手指上戴一枚硕大的翡翠戒指，脸上白得几乎没有血色。女子稍年长一些，在抽雪茄，说广东话及英语。

身边有人在低声说，Maya做了尹莲安这么多年的经纪人，从做唱片做电影到做摄影，据说已经把她的照片推销到欧洲去。又有人说，你们知道为什么Maya快五十岁了还未结婚生子，她只喜欢与女人睡觉……暧昧的笑声低低传送。我独自走回到观景电梯里，已不打算再停留下去。已经看到她，觉得足够。

想回酒店再洗个热水澡然后倒头睡觉。或者先去茂名路附近找个小酒吧喝点什么。上海的初夏闷热不堪。电梯的速度很快，轻微的倏倏的风声，想来是高速与空气的摩擦。虽已夜深，城市依然灯火闪耀。海市蜃楼脆弱不可触及。高处不胜寒。原来是这样的落寞。

3

她很少想起自己的母亲。也很少在梦中见到她。

她记不得临的脸。临的脸就是她的脸。她们的脸相似，长得一模一样，包括稍稍挑起的眼角，单眼皮的清冷轮廓，散落在眼角或脸颊的淡褐色大痣，嘴唇当中一颗小的突起，下巴中间的沟。甚至眼神，看人都是直截了当，坚定的模样。

她自临的子宫里蜕变而出，仿佛不是经过性而繁殖，而是某类低等生物，从自身的肉体分裂。这分裂出来的部分也会长成一模一样的母体。临生下她的时候，也不过是二十岁。尚在美术学院里读书，但就此与父母断绝关系，退学，到处漂泊，走上一条不归路。临从不告诉她，为何要做出这样的选择。

这除非是一种沉堕。她从小就看到母亲在租住的阁楼里画画。因为穷，她们时时需要搬家，住的地方不是阁楼就是只有半边窗的地下室。临把自己的天分，完全损耗在为画廊临摹复制各种廉价油画之中。她是单身母亲，需要担负这经济压力。即使她曾经是一个有天分的高材生，也曾是优雅而清高的女性。她只见母亲复制各种风景、人物、古典、现代的油画，然后由画廊老板出售，让平常人家买去挂在卧室或客厅。临的才华一生都不曾为人欣赏发掘。

闲时她只爱用水粉画小朵的花。各种花色。用色清淡，姿态却极诡异。她至为迷恋花朵。房间里长年堆满大束花朵，忘记换水和清理，弥漫一股潮湿腐烂的气味。有时拨开一堆凋落成褐色的花瓣，下面是大簇蠕动着的爬虫。用水缸种着睡莲，走到哪里就搬到哪里。她看到花的繁盛衰败，觉得这单纯的欲望，仿佛是临的灵魂。如此沉堕，反复辗转，却从不知道悔改。

她从未见过或听过自己的父亲。临不提起，也不解释，仿佛这是一个合理事实。她似丝毫不爱他，或是轻视他。也许她认为莲安只是她一个人的事情。但若她觉得无困惑，那么任何人都不应有。包括莲安。莲安学会观望而不发问。

家里总是会有不同的男人出入。这些男人都与临谈过或长或短的恋爱，大都无疾而终。除非无选择，没有男人会想与单身母亲结婚。虽然他们分享她的美与身体。

临自然懂得除了自己，此生不会得着任何依傍。但她无所谓。有男人最起码能让生活好过一些。她与莲安之间的关系冷淡，并不亲近。她时常和他们出去旅行，一走就是两三个月。就把莲安托付到其他人的家里。那些人或是远房亲戚，或是同学，或是朋友，或是旧情人。莲安因此记住自己辗转流离的童年。

　　在陌生人家里居住，渐渐懂得沉默。沉默是不表达，不企图，不要求。半夜肚子饿，饿得痛，饿得发慌，都要忍住，不发出一点声音。喝水，上厕所，穿衣服，也是如此。我从来不说，我要这个，或我不要那个。知道自己得不着感情，所以失去需索的权利。她说。

　　良生，我知道自己与任何其他的孩子不同。只能用一种超越他们之外的标准和方式生活。我的自卑是从独立开始。因为独立知道自己的所得天生少于其他人。我只觉得成长是太过缓慢的事情。我的母亲教会我静默，并接受现实存在。

4

　　她与临单独相处的机会不多。偶尔临手头有些钱，心情愉悦，在接她回家的路上，会带她去餐厅吃饭。她记得那时的母亲，会穿着真丝连衣裙，镶嵌着珠片的高跟鞋，光脚裸露出来小颗洁净的脚趾，脸上有深红胭脂。母亲很美，命途坎坷，也不是十足坚强的人。

那天母亲给她换上手工刺绣缀着细细蕾丝的连身裙，把她的头发一股一股编起来，盘成小髻，然后带她去一家高级餐馆。她让莲安点想要的任何东西，自己只在一边抽烟，安静地看着她吃。她抽的是廉价烟，身上喷着百货公司柜台的试用装香水。她们相对而坐，没有语言，是成人的方式。

之后她问一声，吃饱了吗？莲安说，饱了。她说，我要结婚了。又补充说，我累了，开始变老，想歇息一下。

那年她十岁，临决定结婚。生活若始终颠沛流离，并不会使人习惯，只会使人渐渐软弱下来。也许是因为经历生命至多苦难的事情，开始不相信。临觉得自己在苍老，想做一个妻子。想有男人睡在身边，不是一夜，也不是一日，而是余生。那个男人莲安早已认识，是附近开画框店的男子，临常去他的店里买画框。他来得轻易，临的生活里并无挑选的余地。她只有这样的选择。

男子看起来普通，比临小五岁，未结过婚。彼此将就的婚姻，差不多一周之后就开始争吵。莲安亲眼见着他们在夜饭桌上言语冲突，大喊大叫，男子抓起一个啤酒瓶往临的脸上直接砸过去。临转头闪过，瓶子在墙壁上激烈地破碎。玻璃溅了一地。

此后这虐待日日加剧。他酗酒，并且殴打临。她目睹临左边耳朵被打聋，被吊起来用刀在大腿上一道一道地割。用烟头烫她的皮肤，手臂皮肤发出吱吱的灼伤声音。她躺在床上起不了身，脸上青肿，没有尊严。但是临从未想过离开。一年之后，又为这男子生下一个孩子。是个男孩，起名兰初。

临渐渐变得邋遢，并且发胖。穿着松松垮垮的尼龙运动长裤，用根橡皮筋绑着头发拖着拖鞋便去菜场买菜。她不再画复制品，喜欢抱着兰初去隔壁邻居家搓麻将。看肥皂剧。她见着自己的母亲抽着廉价烟，脸上有与男子打架之后的瘀青，小腹隆起，站在厨房门口，双手交叉抱在胸前。这迅速沉堕的力量过于迅疾。她之前不亲近临，现在却是对她失望。在那一个瞬间，她觉得临已经站在深渊边缘。

兰初三岁时，临放了鼠药在男子的酒里。用量太大，以致他死的时候脸孔青紫肿胀，所有的器官都在出血。因为曾经被虐待，她使法庭同意轻判。临剪掉长发，顶着一头乱糟糟的短发，眼圈发黑，眼神坚定。她知道临心里并无悔改。这依旧是一个她所无法了解的女子，一如她画在一册一册本子上那些诡异清淡的水粉花卉。

不是这个男人摧毁了临的幻觉，而是生活的重量。

莲安在人群中听到母亲被宣判有期徒刑十五年。母亲伏下身在
判决书上按手印，抬起头脸上微微露出笑容。莲安抱着幼小的兰初，
面无表情，转身走出法庭旁听区。

<h1 style="text-align:center">5</h1>

走在路上。树影与月光交织的狭窄街道，夜色深浓。石板缝隙
里空调的积水，一脚踩上去水花四溅。天气闷热得怪异，衬衣里有
黏湿的汗水。想来一场暴雨已酝酿其中。站在人行道的旁边，我刚
点着打火机，想点一根烟，莲安打电话过来。

你在哪里？
茂名南路。你先忙吧，忙完再找我。
我现在就过来。等我。她干脆地挂掉电话。

在街口梧桐树边等她。她未换装，开了一辆红色莲花过来。在
街边停下，脚上穿着的高跟鞋子，下地的时候微微晃扭。脸上的脂

粉退淡，略显得油腻，碎钻的耳环晃荡着，发出凛冽亮光。这个社会原本就是划分着阶层的，有钱和没钱，有名和没名。或者在某种身份意义上的她与我。

我说，你可以丢下你的客人们自己跑出来？

本来是要陪那些欧洲佬再换地方的。我偷偷出来，把手机关了。让 Maya 去说服他们拿大钱换那些照片好了。我只想见你，良生。

她走过来，在我们分别三个月之后，轻轻拥抱我。

我们在小巷子里拐来弯去地走，找到一家小小的日本料理店。掀开蓝色布帘，见到逼仄狭小的店堂。已经凌晨一两点，里面空落，只有最里面的桌子，围聚着一帮日本公司的男性职员在喝酒和唱歌。也已疲乏，只有噪声断裂地推进。灯光昏暗，有嗓音抖颤的日本民歌。此时只听得外面轰的一声，雷电闪耀，下起暴雨。粗大的雨点拍打在窗玻璃上，发出激烈的声音。

滂沱大雨如期而至。

莲安说，有打火机吗。她从烟盒里抽出一根烟来递给我。是茶花。这烟迅速把我们带回冬天荒凉的稻城。肮脏寒冷的小餐馆，我们喝酒，公路上跑步，以及寒冷的月光。

我说，你还有这烟。

差不多没了。回到上海之后，我又只抽寿百年的一款 Classic Ultra，有时候是 520。

莲安不喜欢女式烟细长的形状。她喜欢中性或者更接近男性风格的物什，包括手机、笔记本电脑、包、威士忌、式样简单的凉鞋，以及香烟。抽 520 更多一些，因为喜欢它十厘米的长度。而且它显得艳俗，她说。这多出来的一厘米，让人感觉时间停顿得稍微长久一些。

点的东西慢慢地上了桌。生鱼片，鱼子寿司，海胆，清酒。

我说，现在你还唱歌吗。

不太登台演出，唱片也懒得出。Maya 一直有抱怨。这件事情纯粹是为谋生，你知道。但我现在略有积蓄，不用太考虑这件事。

她又说，这是平时常来的店。人少，多是商务人士。他们很少看电视或杂志娱乐内容，不会有人无故上来搭讪。不知道为什么，我现在对人没有耐心，不喜欢别人来打扰我。

她又说，我有一同居男友，是这里的侍应。但他今日不当班。

我自然吃惊，但不动声色。只觉得见着她就已很好。面对面地坐着，不知道可以说些什么。两个人在沉默之间，只听到后面那帮职员的喧哗，大雨的响亮。我停顿一下，端起放在面前的酒杯。

6

她最后一次见到临，是去探监。母亲隔着玻璃问她讨烟抽。莲安卖掉家里剩余不多的旧东西，给母亲带去香烟。临穿着监狱里统一的衣服，头发油腻，脸色苍白，涂着廉价的鲜红唇膏。她说，我托付一位好朋友照顾你。你去北京。他先把车票寄过来给你。兰初给他奶奶，他们那边要。

莲安看着她的母亲，是成人式的眼光，冷淡，清透，坚韧。

临说，我刚生你下来，你喝完奶，就背过身去睡。你从不面向我的怀里。你这样意志坚决，和我一样。我知道你不属于我。你是你，而不是另一个我。

她问出心里疑惑已久的问题，说，你为什么要生我下来？

临微微一笑，有些事情慢慢地，慢慢地，就会变得不记得。莲安，你无须介意在心。她说，过来，让我摸一下你。

这是第一次她这样要求她。莲安走上前一步，感觉到母亲的手指冰冷，抚触到脸上，从额头慢慢下滑。她的心里闪过一丝惊惧与厌恶，好像在公车上因为拥挤被陌生男人靠近身体。一种对不洁的嫌弃。她迅速后退，不让临碰到。

莲安拿到车票，带了一只旅行箱，放着喜欢的衣服和书，坐火车去北京。这是她第一次出远门，也并没有人来送她。她现在连异父的兰初都已经失去。从此是渺茫世间孑然飘零的一个人。但她觉得心里平静，并无哀伤。

身边去北京上学的十八岁少年，父母陪着去大学报到，父亲一路都在教训嘱咐，母亲更是不停地倒热水拧毛巾买晚餐小心照顾，其乐融融。她不觉得羡慕，知道这是不属于自己的人生。在铺位上一躺下来就睡着。半夜时分饿醒，拿出包里的苹果，用毛巾擦擦，放进嘴巴里咬。火车刚好停靠，停留在山东境内的一个小县城。

昏暗白色灯光照着空落的站台，有人背扛着沉重行李，脚步零乱地在黑暗中走过。淡淡月光照耀着原野。她俯趴在窄小闷热的铺位上，一边咬着苹果，一边用额头抵着玻璃窗，探望刚刚接触到的盛大世间。小县城的月光和站台，从此便留在她的记忆中，像颠沛流离的生活的隐喻。

而那一刻，她的母亲正在监狱中用偷藏的一块碎玻璃割脉自杀。临放弃她即将面对的十五年的监禁。她的意志在决定投毒的时候已崩溃，剩下的无非是肉体的苟活。现在，这苟活对她已经没有价值。

那年莲安十五岁。

7

爱是恒久忍耐。爱是恩慈。爱是永无止息。

尹一辰等在火车站的出口，比她大十七岁的北方男人。下着冻雨的春天，莲安拎着大箱子费力拨开人群，看到陌生而巨大的城市。男子穿着白衬衣，褐色麂皮系带皮鞋，短的平头，散发着干净坚硬的气质。他与莲安之前看到过的男子都不同。

那些在临的生活里沉浮起落的男子，包括她的画框店店主继父，实质上都与临不相匹配。临一直与比她层次低下的男子交往，不知道是宿命还是随波逐流。

他的手摸到莲安的头顶，说，莲安，跟我来。他开一辆黑色奔驰车。莲安在他的车子里闻到烟草的味道。他轻轻咳嗽，摸出一块手巾，擦拭她被雨水淋湿的浓密长发。他说，我是你母亲的朋友，她在北京学画，我们认识。只是后来我改行去做贸易商人，不像她有天分，能做艺术家。

这瘦仃仃的女孩，用力地捏着自己的旅行箱，眼神直接而清透地看着他。他轻轻叹息一声，没有告诉她临已死去的消息。他的眼神中有怜悯，莲安已经有感觉。车子里空调温度舒服，她很疲倦，歪头在座位上睡过去。她感觉到自由。

临死去之后，莲安感觉到自由。她的生命如花朵亮烈盛放，充满执拗的力量。她吃很多东西，每次一辰带她去餐馆，她不说话只是闷头吞咽食物。她很饿。她吃食物的样子充满欲望。她很沉默。但他对她说什么，她都倾听。

他把她送去寄宿学校读书。学校离市区很远。他每周一次开车来学校接她回家。别墅三楼有一间小房间是属于她的，他重新贴了粉白玫瑰的壁纸。床、窗帘、灯罩都是白色刺绣棉麻布，缀着细细蕾丝。他的细节体贴周全。一辰家境富足，有足够心意来善待投奔的少女。

她在窗口看到花园里的槐树。早上醒来，阳光把树影重叠在墙壁上，深深浅浅。她珍惜这突兀降临的幸福，读书努力。他的未婚妻偶尔也过来住，是政府某官员的女儿。那是一个神情温婉的女子，但他们之间的关系并不热烈，有礼貌并且有条不紊。更像一种心照不宣的合作关系。他是习惯对任何事情都有控制的男人。

她记得他在教训她的时候，说话的语气从来都是命令式的：把腿放下来，肩要放平，吃饭的时候端着碗，吃西餐刀叉不要发出声音来，穿衣服只能是白棉衬衣蓝裙子，不能光脚穿鞋子，坐下来的时候两腿要并拢……从来没有一个人这样关注过她。她渐渐知晓可以对他提要求：老师说要买英语辅导书。想请一个数学家庭老师来补习。想吃笋，让他带笋去学校，和火腿咸肉一起炖成腌笃鲜。要买一双红色的凉鞋。要看电影……

她第一次感觉到自己可以，并且能够，和另一个人交换彼此的感情。

8

七月，他带她去渔港浦湾，带她过生日。开车过去不过一个多小时的路途。这是他们唯一一次出门旅行。在汽车玻璃窗边，她看到公路穿越村镇和田野，直往大海奔去。她性格里桀骜的个性慢慢被解放，把头从窗口探出去，闭上眼睛感觉风剧烈的速度。心里欢喜。

留在她记忆中的大海，仿佛地球的一个缺口。它不是想象中的深蓝，而是浑浊的灰紫与暗蓝交替。小旅馆的墙壁外面种着高大粗壮的栀子树，开得雪白，碗口大，香气沉醉。深夜时分大雨中的海，海面上的潮声与雨点坠落的细微振动融合，从远处一波又一波席卷而来。

一辰抽烟。这个男子只抽555。香烟辛辣呛人的气味渗透他在她身边时的每一寸空气。他常常只是温和地看她，没有言语。他摘一朵栀子花下来，别在她的漆黑长发边上，让她站在旅馆旁边的石廊旁边，给她拍下一张照片。这是莲安拥有的第一张照片。黑白，手洗。她这样瘦削，单薄的身体，警觉的眼神，但是非常美。她看到自己和临一模一样的脸。

是他教会了她如何在面对美好事物的时候，保持静默，缓慢，以此来记得。若心有感伤，这记忆便会因为重，而日渐漫长。十五岁的莲安，与身边的任何一个孩子不同。她保持沉默，缓慢，以此来记得。

9

那一次她逃课，去参加一个她非常喜欢的英国女摄影师的签售会。独自坐车到市区中心的大书店，整个下午都没有回来。老师通知他，他来到学校。她写了一张保证书给他。歪扭的字迹写在白纸上：我错了，我保证再也不逃课。如果再犯，就不能回家。他站在旁边看着她写，然后把那张白纸收进了口袋。

她已能够释放自己被长期禁忌的性格。桀骜，倔强。有时故意逆反他。激怒他，他就会更关注她。因为从小缺乏感情，她对感情有异常敏感的觉知。她知道愤怒需要付出更深的感情。她以恶性的方式获取满足。之后，这成为他们之间的游戏。

她试图以被他控制的假象来控制他。在这样的控制中，她感受到自己的感情。在走廊里听到他轻轻咳嗽的声音，他因为抽烟太凶，有咽喉炎。她觉得身上的皮肤会抽紧，似乎被拥抱。她因此知道她在爱。虽然这只是她一个人的事情。

他带她去看电影。她渐渐困倦，把头靠在他的手臂上，发出细细的呼吸。一辰的棉衬衣在黑暗中散发出淡淡香水与皮肤交融的味道。他用手心托住她的脸，慢慢放倒她，让她枕在他的手心上睡觉。他的手很大，温暖，微微的骨节突起，静脉很明显，有大颗的圆痣。皮肤里渗透出浓郁的烟草味道。在梦中她见到一片阳光下生长繁盛的烟草田地，在风中轻轻起伏。

她是在那时候起，迷恋上男人的手和香烟，以及咳嗽。她的母亲因为贫穷邋遢，发胖，沉堕，直至在监狱中自杀。她爱上一个洁净高贵的男子，因为他象征的富足生活带来的不匮乏的安全，并且有理性而节制的温情。在物质和精神上，他都是她强有力的偶像。

这个男子就在她的身边，但她得不着他。她是他的被施舍者。他不是她的父亲，也不是她的爱人。他是她的幻觉。

良生，若我们因为怜悯，或者因为寂寞，或者因为贪婪，或者因为缺失而爱，这样的爱是否可以得着拯救。

10

她十七岁，他想把她送到另一个城市的寄宿学校去读书。是著名的高中。他打算在那年与女子完婚。他的贸易公司即将扩张，他需要强有力的政府背景关系。婚姻如同他做的任何一件事，也是在可控制的范围之内。他对她，就如同临对她，没有任何解释说明。莲安知道，她生命里面所有的事情，只能靠自己去探测和了解。但所有的自我生长，都太过艰难。

她收拾行装，依然是她来时带着的大箱子。安静地看着他，说，如果我说不愿意去，你是否会离弃我。

他说，你要听话，莲安。

她说，我要听话，这是你会继续收留我照顾我的条件。

他看着她。这个瘦削清透的女孩，正在以他预料之外的激烈力量盛放。虽然这力量只是她自己内心的对抗。虽然她从不表达，不要求。但这感情的需索太过强盛，像一个洞穴深不可测。她的眼神，从来都是成人的方式。

你爱过我的母亲吗。还是她曾经爱过你。

她拒绝了我。她有她所想追随的意志，与跟我在一起不同。其后她生下你，但并不幸福。

而你为了对这个世界的野心，和一个不爱的女子结婚，你又会有幸福吗。

他突然大力掌掴她。闭嘴，莲安。这是他第一次也是唯一一次动手打她。他的胸腔剧烈起伏，眼神愤怒。她知道他始终不愿意承认的真相，被她了解，被她戳穿。他憎恶她的轻描淡写，感觉她像一个敌人，站在他的对面开始反叛。

但是她知道，她只是在乞求。她甚至没有讨价还价的权利。作为惩罚，他有半年没有接她回家，依旧每月汇来丰厚的生活费和学费。她在教科书里找不到她需要的东西。觉得寂寞。于是和保罗一起组了乐队。

他是附近理工大学的高年级男生。偶尔来到她的学校，在校园里看到她深夜一个人光脚穿着球鞋跑步。一圈又一圈，不知道停歇。直至扑在草地上，不动弹。又听到她一个人高声拖着长音在操场上叫。蹲在空旷的台阶上像一只鸟。那些单音没有规律，也无意义，从她的胸腔发出。明亮，创伤，自由自在。那是她难以煎熬的一段时间。她急欲找到喧嚣动乱来填补自己空缺的灵魂。

她跟着保罗做乐队。一共是四人，鼓，贝司，他是电吉他，刚换了一个主唱。他听她唱歌，即刻就接受。她从来没有受过训练，只是拉着明亮创伤的声音，在麦克风面前随便低吟浅唱，或者喊叫。排练一久，也知道控制气声，可以在高亢或低沉之间游刃有余。是像光线一样的声音。天生的歌手。保罗说。

他是长头发的非常瘦的南方男子，时常穿一件从旧货市场淘来的韩国军队绿军衣，军衣上有药味。他们在地下室排演，饿了泡方便面，困了互相裹着旧军大衣睡觉。有时候去其他学校或附近酒吧演出。

11

我们走出料理店的时候，是凌晨时分。喝得很多，但意识还是清醒。莲安拉着我，跑到街口拐角二十四小时营业的小超市。大雨瓢泼而下，街道上空无一人。天空呈现出透明的灰白。超市里只有白喇喇的灯光。营业员神情疲倦。她买了一包520，热的豆腐干竹串和冰镇可乐。我们在店门边吃完。又淋着大雨，跑进她停在路边的车子里。

雨点沉重地打在玻璃门上。没有办法开车。昏黄的路灯光把车玻璃上的雨滴映照在我们的皮肤上：脸，脖子，肩，手臂，腿……变成闪烁流动的光影。雨声被封闭的车子隔离在外面。我们都淋湿了，头发上脸上全是雨水。

莲安伸手过来抚摩我脖子上的雨影。她脸上的胭脂完全褪去。漆黑的眼睛，看起来镇定安静。但我知道她已经烂醉。她说，良生，若你知道生命还只剩下一半的时间，你会怎样来生活。

12

那年冬天，圣诞节前夕他决定结婚。写信给她，告诉她这个消息。向她道歉他的动手，并要求她离开乐队停止一切与专业无关的活动，希望她一心一意学习。他说，生命并不是为所欲为，有时候我们的承担要大于接受。我与你母亲不同之处，在于她不相信这句话，而我相信。我能够好好照顾你，莲安。你要相信我。请相信。

相信。相信是在黑暗中捕捉他手心皮肤里的烟草田地味道。是母亲在法庭上用手在判决书上按手印时脸上的微笑。是深夜大雨之中海面上的潮水。是在火车卧铺看到的陌生站台上的暗淡灯光。相信是她的幻觉。

收到信之后，他们赶往邻近一个城市。有酒吧邀请他们过去做圣诞节演出。她是在火车上看完那封信的，窗外干燥细碎的雪花茫茫飘落，消失于黑暗的田野，只有火车发出的隆隆声。她觉得手冰凉，信纸窸窣响，原来是手指在颤抖。还是有什么东西正在身体里无声地碎裂。

看演出的人很多，酒吧喧嚣吵闹，年轻的孩子拥挤在一起跳舞。

他们唱了四首歌，最后一首是她自己写的，婉转的慢歌。她几乎如同清唱：我想在水中写一封信给你，一边写一边消失。什么时候可以写完，什么时候可以告别。她重复这极其柔美婉转的几句，台下发出尖叫声，有人笑，有人在哭。她放下手里的麦克风，跪在地上用手心蒙住哭泣的脸。

结束演出，走出酒吧，大雪纷飞。在凌晨大街上寻找小饭馆消夜，她突然很想跑步，飞快地跑起来，积雪滑溜，跑出几步就摔倒在石板路上。耳边只听到大雪嚓嚓嚓剧烈飘落的声音，头发和衣服很快就被雪花打湿。冰冷的水滴流过眼睛。她又开始感受到那种童年时强力压抑自己的饥饿。

饿。非常饿。皮肤，胃，连同她的感情。

她闷头吃食物，用力吞咽，一言不发，急欲把自己填补。保罗喝了六瓶啤酒，醉意醺然，伸手过来抱她，要与她接吻。她劈手给他两个耳光，推倒他，像兽一样扑过去与他扭打在一起。踢他，咬他，大声尖叫。桌子推倒，碗盘摔得稀里哗啦。直到别人把他们拉开。保罗浑然不解，脸上一块一块血红的牙印。她已用尽所有力气，坐在墙角里喘气。吵吵闹闹，三四点左右才回到借住的小旅馆。

他们要赶清早的火车回去。在旅馆，天色发亮的时候，她走进保罗的房间。凌晨。大雪已停。每当有积雪在风中跌落，树枝发出轻微的折裂声音。他与另一个同伴住着同一间房，两张单人床。她光脚走过冰凉的水泥地，身上的皮肤敏感得汗毛直竖。挤进他的床上，紧紧抱住他。他的手碰到她的皮肤，依然没有清醒过来，只是懵懵懂懂地要她，进入她。她越是痛越是紧抱着他，恨不得用他填满自己全部空缺。

旁边铺位上的男孩翻过一个身，背过去继续睡。他们在小旅馆散发着肮脏气味的被单里赤裸相拥。她像一头小兽，执拗而激烈，只是不与他说片言只语。起身，穿上衣服。黏稠的液体顺着大腿在冰冷空气里往下流，其中混合着她自己的血。她用手摸着墙壁，慢慢地走出去。关上房门。黑暗覆盖。

13

她跟保罗去广州。给一辰回信，说，我不需要你的照顾。不用来找我。我会很好。谢谢。他们之间的游戏，这是最后一次。她不再让自己有机会对他屈服，或者再次试图印证他的感情。他的感情就在那里，稀薄，寂静，一如她的幻觉。乐队解散，她和保罗只是在这个城市的底层徘徊，混迹于小酒吧演唱，跳艳舞，录口水歌。

保罗倒卖盗版碟片，每天东躲西藏，几次差点被抓起来坐牢。有时困顿得连方便面也买不起。

她知道她来到这个陌生闷热的城市，只是为了遗忘。她要忘记一些事情，抑或仍旧是在记忆。贫穷会让人发胖，邋遢，沉堕。即使她曾经与之在一起的，是一个那样高贵而富足的男子。但她还年轻，并不觉得悲观。她只是要对抗自己的爱，以及如此激盛的生命。没有表达，没有要求。背在身上得不着交付。

她去医院堕胎，在手术台上差点死掉。躺在地下室里痛不可忍无法入睡，保罗照样不知去处酗酒鬼混。她在自己的罪中不觉得怅惘。幻觉是她心里一朵从污泥里生长出来的白莲花，充满信仰。甚至是与她自己的生命都无关系的欲望。

她知道她在爱。这是她一个人的事情。

14

她和保罗的感情一年之后结束。他只是她用来遗忘或者记得的一个工具。他们的关系结束得太过轻易。她独自来到上海，想重新开始。

住在一家小旅馆里。房间狭小肮脏，形状不规则，窗台部分是凸出去的三角形。卫生间的浴缸有锈迹。空调的声音很响。她每天晚上出去演出之前，先熨平演出时穿的黑色蕾丝胸衣，把一对高跟凉鞋擦亮。她的脚趾生得好看，一小颗一小颗，涂一层淡淡粉色蔻丹，凉鞋细带上缀着水钻。在黄昏临近时，热水淋浴，穿着内衣坐在窗台上，抽一根烟，喝些许从超市买来的廉价香槟，以便使脸色红润。透过玻璃窗，看日光已逝的城市沉浸在模糊暮色里，远处的高架桥车水马龙。

她有一两个月的时间住在那间房间里。旅馆是公众场所，像一个洞穴，给人自给自足的错觉。她住在廉价旅馆的小房间里，即使在独自洗澡，睡觉，看电视，抽烟，失眠，也知道自己置身在人群之中。床单上有许多人留下的痕迹和气味，来回辗转，无法被清洗。她不觉得脏。也许这就是生。在陌生的危险的处境里，她能够感觉到自己的生。是这样孤独而决然的生活。

Maya 走过来，把一张点歌单连同一张大额纸币塞进她的胸衣里面。点歌单上写着她的手机号码。她说，明天下午两点，记得给我电话。那会儿我起床。Maya 剃着平头，耳朵上干干净净的两枚黄金小圆圈耳环，画眼尾上翘的眼线。她和四五个衣着时髦的年轻女子在酒吧的角落里喝酒。无法分辨她的年龄。后来得知她不过是三十五岁。

她那时在茂名南路轮换着酒吧唱歌。人生地不熟，收入并不稳定，只是随波逐流。她并无其他选择，给 Maya 打电话。Maya 约她在一家咖啡店里见面，时间是深夜十二点多。她在电话里对她说，我近日特别忙。大约只有这个时间才会空下来。

莲安当晚换衣服，穿一条桑蚕丝的小礼服裙，是她最像样的演出服。白底上暗红粉红的大朵花影，裙摆处有鱼尾的花边，一层一层地打褶和叠加。一双旧靴子。裹一件绿色毛线大衣去咖啡店等 Maya。她没有化妆。不演出的时候，她不在自己的脸上抹上粉与颜料。一脸苍白，嘴唇上却有艳红唇膏，好似伤口。

已是初冬。她在街头拦出租车，觉得上海的阴湿渗进骨头里，不舍得吃晚饭，身上更是寒冷。她在心里嘀咕，希望那女人大方一些，能够点酒的同时再点一份食物给她。她不知晓这个晚上是她命运的转折点。

Maya 迟到，点威士忌给她喝。看到她在暖气中轻轻哆嗦，就说，吃点什么。她说，随便，都可以。Maya 就向侍应点一份牛排。端过来之后莲安一言不发，刀叉并用，开始狼吞虎咽。酱汁溅落在桑蚕丝裙身的胸口处，好像血滴。

Maya 也就不说话，在对面点根烟，镇定地看着她吃东西。面对食物，莲安身体里隐藏着的一种不动声色的强悍，显得迅猛。五官不算艳丽，但眼睛清透凛冽。她的生命力剧烈。即使在落魄当口，也闪烁出刺眼的光泽。只是她对自己的光，漫不经心，也不自知。

看多了明星，Maya 自有判断的标准。有时候成功和漂亮或才气并没有关系，只是一种个性。这种个性无法被猜度，被模仿，被分享，甚至在一般人眼里也并不明显。但它是光。它照亮莲安的脸，让 Maya 在偏僻酒吧角落里一眼看到她。等莲安心满意足地吃完，Maya 直接对她说，她想与她签合同，成为她的经纪人。

我会先让你登台，积累和训练技巧。然后帮你筹备唱片。这唱片会由最好的制作人音乐人来衬托你的声音。你会通过唱片出名。再拍电影，拍广告，抵达你天分所应抵达的身价。她拿出合同让莲安签。莲安看到密密麻麻一大片文字觉得头痛，只问一句，你会给我一半的钱吗？她说，会。于是莲安立刻拿笔签下名字。

就在那个夜晚，她用低廉的条件换来一份苛刻的合同。分别时，

Maya 送给她一盒咖啡店自制的栗子蛋糕。Maya 开红色宝马跑车，送她回旅馆。她说，明天你就搬出这破旅馆，我帮你另找一处房子。她后来替她租下古北地区的高级公寓。看着莲安拎着薄丝裙子的边缘，小心走下车子，她伸出手拍拍莲安的脸，说，晚安，我的宝贝。

莲安回到房间里，裙子未脱先吃光那盒蛋糕。

15

那时她尚未得知 Maya 是圈内数一数二的金牌经纪人，手上有一批被她捧至一线的当红艺人。而莲安只想获取一份温饱，她对世间没有野心。Maya 帮她争取到的第一份合同，是在一家五星级酒店的酒吧演出。客人大部分来自国外或港台，不会乱起哄。酬劳很高，环境优雅。其实是一个组合，挑选年轻的女孩，穿着无袖旗袍、细带高跟凉鞋，头发盘成髻，在幽暗灯光下弹奏琵琶、二胡，有人吹箫。

莲安的演唱无可挑剔，一些曲调柔美的老歌最能出彩，国语、粤语、英语、日语都轮换上场。录口水歌的那段时期，已替她打下坚不可摧的基础。而且她聪明，新歌一学就会。很快成为台柱。

她除了唱歌，并不沉堕于欢场。洁身自好，只求谋生。在大学进修关于摄影的课程。白天素面朝天，背包带着笔记本和笔去听课。买一台旧尼康，用最廉价的过期胶片拍一些零星记录。凌晨时下班，去街头找小餐馆吃姜葱炒大青蟹。有提着竹篮子的妇人过来兜售茉莉花和广玉兰。用白棉纱包裹着的新鲜花朵。非常香。她在二十四小时营业的小超市里买包烟，然后回到公寓，裹起白棉布床单入睡。她一样并不认为这样的生活，会是她未来的样子。她只是记得它。

　　她才二十岁。她的生命力剧烈，即使风尘里辗转，自知甘苦冷暖，心里有珍惜的小小的角落。保持静默，缓慢，以此来记得。若心有感伤，这记忆便会因为重而日渐漫长。

　　那日，她在黑暗中见到男子。他穿着白衬衣，褐色麂皮系带皮鞋，短的平头，散发干净坚硬的气质。略微有些发胖。她想起来他们已三年未见。她坐在他前面的高脚凳上唱歌，穿着黑色蕾丝胸衣，黑色雪纺纱阔脚裤，黑色镶水钻细高跟凉鞋。她的肩头，手臂，腿，脚趾都在有技巧地诱惑性地暴露。这是她的职业要求。此刻，她置身于欢场，而他是前来寻欢的客人。

　　一曲唱毕，掌声响起。她看到他起身，走出门外。她立即追出去，听到走廊里响起他轻轻的咳嗽声。他看着她，脸色温和，说，莲安，你这样任性。

她执拗地上前，说，我不需要你照顾我。

他说，我知道。你已不是那个只是想得到食物的女孩。你独立谋生。

她说，一切都好吗。

他说，都好。孩子已经三岁，是个男孩。

你几时回北京。

明天一早的飞机。

他带她去酒店的房间。她脱去他的上衣，抚摩他。他的身体、皮肤、气味，她幻想太久，以至于真实地填满她的时候，反而心内疑惑。她把他的手拉过来，枕在自己的脸上，这样便又闻到熟悉的辛辣芳香的烟草味道。她闭上眼睛。无声无息。

你要相信。他说。而她是在爱。虽然这爱如此寂寞，只是她一个人的事情。她觉得自己在真实地向着黑暗悬渊滑落，不复回升。她的身体与心在不同的男人之间辗转，只为印证这一瞬间的真实。这一切曾经是她的信仰。

她在爱。而这只是她一个人的事情。即使他与她成为一体，他的唇覆盖在她的眼睛上，他被自己巨大的情欲愉悦覆盖。她睁开眼睛，看到他靠在她脖子旁边微微扭曲的脸，觉得陌生。

于是她重新闭上眼睛。她看到大海，看到从幽蓝海面穿透下来的圆柱形光线。一束一束，明亮诡异，充满光明。她的手抚摩着他背部的皮肤，寻找自己的记忆。太过遥远，埋藏太深，她悉心捕捉，犹如捕捉手指之间的风。只是想做一个完结。她没有眼泪掉下来。滚烫的眼泪一直在眼眶里烧灼。流不下来。

她没有留下来过夜。背对着他，一件件穿上衣服。他从皮夹里抽出一叠美金，约有一两千，放在桌子上。没有任何表示。她走过去，把它摸过来，轻轻抖动一下，放进手袋里。她分明听见他轻轻呼出一口气，不知道是释然还是叹息。但这对她并不重要。她只是想给他台阶下，不让他再记得这件事，不去分辨其中是否有亏欠或负罪。如果这件事可以与金钱有关，那么自然也就会与爱无关。如此，他可以轻松地回家面对妻儿。选择遗忘或者记得。

他说，我要给你一样东西。他从皮夹的夹层里摸出一张发黄的纸。是她以前写给他的保证书。歪扭的笔迹依然清晰：我错了，我保证再也不逃课。如果再犯，就不能回家。他把这张纸保留了五年。她的确是错了，并且再不能回家。她对他笑，说，这种小东西你留着干什么。他说，除了那一次，你从来没有对我顺服。她说，是。所以你可以一再地惩罚我。

她转过身，摸到脸上无动于衷的眼泪。走出酒店，外面冷风呼啸。坐进出租车，闭上眼睛，感觉每一根骨头都在哆嗦，忍不住轻轻颤抖。窗外静静地下起大雪，夜色茫茫。当出租车拐出灯火辉煌的酒店进入小巷，她伸手把那张纸丢进黑暗的雪地。

16

良生。至今我依旧常常在梦里，见着自己回到故乡。它的雨水倒影和樟树的浓郁芳香。陈旧的建筑，青砖街面，腐朽的木门窗，院子里种着的大簇月季和金银花。蔷薇和玉兰已经开败。栀子的花期也许还未到来。青石板上依附的苔藓，湿气，纵横交错的河道，淡至隐约的微光，风中有海水的腥味……镜头一格一格地凝固，像在药液中逐渐浮凸的黑白底片。

每年八月，从东边海洋席卷过来的大风，来势迅猛。大街上的梧桐，一夜之间就会给风雨刮断许多枝丫，黝黑潮湿的树枝掉落在路面中央。第二天一早，会有人先来清理零乱的断裂树枝。略粗一些的树干，被隔壁的居民拖走。用刀劈开，收集起来晒干，可以用来烧煤炉。梧桐的叶片很大，表面摸起来很粗糙，颜色青翠。空气中弥漫着树和叶片的汁液清香。

如果在深夜，爬到窗口边看天空。厚重密云被台风吹得迅疾移动，夜空显得更加深蓝。蓝，清澈如水，浓郁不可分解。如同幻觉，却又是这样真实。

夏天闷热。没有空调。电风扇使用也不频繁。人们利用蒲扇、冰块、穿堂风、凉席等一切天然的因素来使自己降温。在幽长阴凉的弄堂里午睡。青石板的缝隙里长出羊齿植物及小朵野花。穿堂风非常有力，贯穿到底，会听到呼啸的声音。有一股苔藓及尘土的气味。柔和清凉。让肌肤产生飞翔之感。

风仿佛使身边的现实产生开放性，无限延长，具备了一切可能。

天气令人捉摸不定。阳光剧烈的时候，有云飘过，就开始洒下淅沥雨丝。然后就会有大雨滂沱。雷雨天的午后，闪电和轰雷袭击城市的上空，粗大的雨点像雹子砸下来。孩子们在家里午睡，凉席因为气温降低而变得清凉，裹着小薄棉被，房间关严门窗，依然有雨水的湿气从墙体缝隙渗透进来。

雨水的声音有许多分别。哗啦啦的狂暴、沙沙有声的细碎轻盈，以及雨水流过不同物体表面接触不同质感的声音共振。雨水使整个时间和空间发生改变。台风的暴雨天，人会觉得与自然无限靠近。

在南方，雨，台风，炎热，潮湿，是一个人出生、长大的印记。我们在一种变幻无常，充满反复的空间里接受细微的声音及气味的变更。常常故意让自己淋湿。骑着单车在大雨中，眼睛被雨抽打着生疼。爬上屋顶，与雨水浑然一体。敏感源自于生命的真实感。这种真实感就像大自然，反复无常，但坚定。

也许只有在颠沛流离之后，才能重新印证时间在内心留下的痕迹。当我们开始对回忆着迷，也许只是开始对时间着迷。站在一条河流之中，时间是水，回忆是水波中的容颜。看到的不是当时。而总是当时之前，或者当时之后。这细微的距离之间，有无法探测的极其静默的秘密。这秘密的寓意，属于此时此地。

仿佛是一种心碎。这所有的一切，在发生的同时即告消失。

17

旅途中我们的最后一个夜晚，住在稻城的藏民旅馆房间。一夜倾谈，两人都睡得不实。寒气逼人的凌晨四点，我醒来时她已起床。窗框边天色微弱，天空漆黑。狗吠和鸡鸣此起彼落。莲安坐在黑暗里，怕把我吵醒，没有开灯，她就着窗外的暗光梳头，一遍一遍把自己漆黑的长发梳透。

几点钟，莲安。

五点十二分。你还可以再睡二十分钟。

不。我们该出发了。

我们起床去赶从稻城开往理塘的早班车。莲安半途在桑堆下车，转道回乡城。

凌晨的空气刺骨寒冷，穿上羽绒衣还是浑身哆嗦。莲安在塑料盆里倒出热水，让我洗脸刷牙。两个人喝完热茶，吃自带的巧克力蛋糕。把大背囊整理好。用围巾把头和脖子包裹起来。店主提着马灯替我们打开院子的大门。道别之后，我们往汽车站走去。河滩边的树林和水面一片漆黑，淡淡的月光照亮沙石子路。寂静中只能见两个人的脚步声，一片空旷。这奇异的景象像深入的梦魇。

车站里已有十多个乘客，有人牵着黑色的狗。大巴车上一阵骚动。各自坐定之后，车子在微光中开上蜿蜒山路。一路颠簸。我觉得很冷。莲安伸手过来握住我，她的手掌很暖和。她用力握住我，眼神明亮地看着我。

我说，外面天黑，且无人，你在野外等车安全吗。

她不动声色地说，还有比在天地之间更安全的地方吗。

与我一道走。莲安。

我们会再见面的。相信我。

我写了一张纸条给她。上面有我的北京地址、电邮和手机号码。
她把纸条塞进口袋里。司机在前面开始叫客，让在桑堆要换车的人，
拿好行李去车门边等候。莲安独自扛着庞大的背囊，跨过堆满行李
的逼仄过道。我来不及再看到她的脸，她下车的身影矫健如一头兽。
她把行李包放在地上，直起身来寻找我。对住我的眼睛，微笑，举
起手来挥动。

车子启动。车灯的范围之外，荒野空旷寂静，没有一个人影。
莲安的身影即刻被抛在光亮之后。被黑暗所吞没。

18

我在近一个小时之后，在山道上看到从康定过来的客车盘旋而
下。不知道莲安是否依然留在路口，还是独自走上茫茫山路。她的
一意孤行，总是让人觉得决然。不知道为什么，我心里有无限落寞

难过。把头抵在窗玻璃上，企图让自己再睡过去。但是却分明地感觉到她在背后拥抱住我。在小旅馆散发着异味的床铺上，我们盖上两床被子，还是觉得冷。只有洁白的月光透进窗缝，如水流动。她的声音。一切声动都了然于心。她抚摩我的膝盖，一点一点把我蜷缩起来的膝盖扳直。

良生，若是有可能，有些事情一定要用所能有的，竭尽全力的能力，来记得它。因很多事情我们慢慢地，慢慢地，就会变得不记得。相信我。长夜漫漫，互相取暖，她的眼神是穿透夜色的一小束洁白月光，照亮我心底小小天地。我在微光中轻轻握住她的手，眼中含泪。

无限眷恋，哀而不伤。当一个人在我们身边的时候，我们不会知晓与他分别的时地。就像我们在生的时候，不会知道死。

沿 见

1

我对沿见说，我需要感情。即使我尚未得知它的真相和寓意，却因着这盲对它有足够的野心。少年时恋爱，留下生命里第一个男人在家里过夜。他说一句，我会好好地对你，一整夜拉着他的手，因为担心而无法入睡。担心他的话会在风中散去，担心他会变老，担心看到自己的手里原本空无一物。

新年夜晚的窗外有鞭炮此起彼伏，升腾的烟花照亮房间角落。抱住身边年轻男子温暖的身体，聆听他起伏的呼吸，觉得自己的身心是开满繁花的树桠，临风照耀，不胜其哀。我知道花若开得过疾过盛，颓败也早。

只是少年的我，这样执意。要一个拥抱，不要在黑暗中独自入睡。要一句诺言，即使明知它与流连于皮肤上的亲吻一般，会失去踪迹。我只要朝与夕，不相信记忆。除了爱。我们如何去与世间交会，与时光对峙。

我在爱。虽然爱只是我一个人的事。莲安说。

我在凌晨时分醒来，看到沿见还在酣睡之中。他伸出双臂，把我的头抱在怀里，下巴贴在我的额头上，神情略有紧张。这包裹式的姿势，带着他与生俱来的占有欲。三月北京，房间里的暖气刚刚断。空气中有微凉寒意。

他的卧室我还未熟悉，床上的气味陌生。但我记得那一个连着卧室的大阳台，有落地的两扇玻璃窗。逐渐明亮的微光便从窗帘间倾泻而入，在房间里打开一片微白空间。环路上有车子呼啸而过留下的回声。间或有轻佻而细微的鸟鸣。

昼与夜交替的短暂时分，我清晰地感觉时间停止了速度。不再流动。不再惊动。我觉得当我们拥抱在一起的时候，彼此似乎是不会变老的，也不会有分别。这一刻的胶着就是世间存在最明确的真理。

他说，我知道，你要的男人，从来都不真实。你要的，是自己内心的幻觉。他们只是工具。他认为他能够了解我。而我只是想，若他知道我曾是一个在地铁里漫游，靠药丸来制造复合胺的女子，他又会如何。他所见到的苏良生，也只是他内心的幻觉。

2

任沿见是那种骄傲的男子。三十三岁的北京男子。看人的眼神极其专注，直接并且不动声色。我猜出他的星座是十一月份的天蝎。他在一家律师事务所工作，在自己的专业领域里，他控制权力有时略带偏执。他过着遵循社会主流标准的生活，独身七年。

他的生活，有着既定秩序和原则，并不被任何人轻易干扰。工作时只穿蓝白两色的衬衣。喜欢运动。常去附近的超市买巧克力，吃一种德国牌子的黑巧克力。有时候独自在家里看电影，开一瓶酒，加些冰块，配着香草奶酪来饮。吃鱼，清淡饮食及甜点。开日本车。公寓里只用白色基调。在性的范围里他洁身自好，不玩耍，也不带任何女人回家。他认为性可以与感情分离，但对它有洁癖。

有些事情是他很久之后才告诉我的。比如他第一次做爱已经二十六岁。一个二十六岁才开始做爱的男人。他在大学和大学毕业之后，有过两个深爱过的女子，但都没有和她们做爱。他说，越是爱的女子，越不想随意地去碰触她。

他说，看着喜欢的女子，如同看着雨后落地纷纷的白色樱花，不忍靠近。是有这样的珍惜和距离感。在享受着晴朗天气的时候，在阳光之下仰起脸闭上眼睛，心有欢喜却并不打扰。他的爱，稀薄，并且缓慢。

只是他不愿让自己在三十岁的时候，依旧还是童男。在同事、朋友、家人的眼中，他是一贯无问题的男人，所有的问题，他都会独立寻求解决。就像他必须让自己获得一次性爱的经验。虽然这对他而言，仅仅是一种理性的蜕变。

那女子是他一个客户公司里的职员，常和他进行业务接触。他知道她喜欢他。又是坚强的女子。她的坚强让他感觉安全。他可用她来解决自己的童贞。他不愿意让自己的自私伤害到别人，并认为可以做到。那晚他约她吃饭。喝了许多酒，即使醉，脑子里却仍是清醒。她知道要发生的事情，不言语，把他带回自己的家。

在她放着大瓶玫瑰花的房间里，他与她做了三次。他感觉到自己强壮而剧烈的情欲，在身体深处起伏动荡，几欲将他分裂。天亮之后，在刺鼻的已经凋落的玫瑰花香中醒来，看着身边的女子，觉得异常寂寥。这种寂寥，让人觉得冷，得知这不是能令他得到填补的事情。若以后再有反复，也只是空洞的循环。他很快就与她断掉联系。若再与她做爱，他只会轻视自己。

这件事情在偶尔回想的时候，不是没有过悔改。因为自己的脆弱去利用一个爱着他的女子。他觉得这脆弱是一种羞耻。其后，他不再轻易靠近。若有别人寻他，他也不应。

我想找一个爱的女子。但那很难。又不屑找一个寻常女子敷衍。他说。

有整整七年的时间，他每天工作之后，回到家里，躺在自己的床上，因为疲累很快就入睡。那张床两米长，两米宽。他喜欢本白或藏蓝的床单，习惯睡在右侧。床的左侧总是空着的。因为长久的独身，他觉得自己像一头热带雨林里即将消失的怪兽。在光年之外的空茫之中。他说。

3

我与这个热带雨林怪兽的男人，在一个高级俱乐部的派对上相识。那时还在杂志社上班，经常需要参加诸如此类的聚会，来联系名人做内容。那天带着摄影师过去拍照。是圣诞前夕。

他说，我看到你跪在地上替摄影师测光。你穿着白色印度细麻衬衣，瘦的牛仔裤，脏球鞋。大把干燥浓密的黑发在后脑扎着髻，乱糟糟的很邋遢。发髻上斜插着一根旧银簪子。俯下头，领口里露出凛冽锁骨。工作时表情严肃，懂得控制和把握。工作一结束，马上回复散漫自在本性，开始在人多地方显得拘谨。

现场气氛热烈，主持人不断拉客人上去做游戏，客人也甘愿做被摆布的木偶。我只觉得乏味。派发完名片，做完事之后就急急要走。想独自找个小面馆吃碗热汤面，抽一根烟。拿起外套，走到门边，这陌生男子靠近我，说，你能留一个电话给我吗。这是我的名片。他的声音很温和，穿白衬衣，手腕上戴一块军旗手表，看过去朴素持重，非常干净。他不像是会随便对人搭讪的男子，脸上仍有疏离。酒吧那一刻声色浮动。我们相对伫立，谁都不知道说什么。

于是我低头写下自己的手机号码，把他的名片塞进牛仔裤的后面裤兜里。我说，对不起，我得走了。我穿上灯芯绒大衣，略带局促地对他点点头，走出大门。

4

良生，不知为何，当我与他离别，却想起来少年时他带我去影院，黑暗中他托住我脸颊的手。他的手很大，温暖，微微的骨节突起，静脉很明显，皮肤上有大颗的圆痣。我把脸枕在他的手心里，嗅闻那里渗透出来的浓郁的烟草味道。在梦中，我见到阳光下生长繁盛的烟草田地，随风轻轻起伏。我想，有没有过一个瞬间，他有在把我当作一个内心珍惜着的女子。

后来我想，也许他曾经有过。或者一直都是。只是他不会告诉我。即使他明白我不是一个对感情有足够自信的女子。他承认自己的自私和软弱之处，不愿意给我虚伪的信仰。并使我最终失去这信仰。我们怜悯对方，却最终选择简单粗暴的方式，简单粗暴地结束了彼此的五年。

我在爱。这的确只是我一个人的事情。

5

Maya 开始筹划给她出唱片。有一段时间莲安只觉得生活忙碌得连睡觉都是奢侈。练歌，录音，发唱片。她的唱片卖得很好。听众的耳朵懂得识别灵魂歌唱者的声音。她的业绩的确炙手可热。一张出来之后，很快有了第二、第三张。

在唱片封套上她没有用自己的照片，用的是母亲临的水粉画。那些颜色清淡气息诡异的花朵。三张唱片封面分别是栀子、鸢尾，以及睡莲。不同的含苞，盛开，以及凋谢的姿态。这三张唱片持续进入排行榜，奠定她在音乐界的地位。但她的人却神秘。很多人知道她的歌，不知道她是谁。她很少出来出席颁奖会或商业派对，有桀骜不羁的脾气。

有时在记者会上出口骂人，因一些无聊的问题而变得暴躁。有时拒绝见面或陪同一些要人，对听众也冷淡，并无热情。甚至不太愿意登台，除了自己认可的一些演出。不看任何有关于她自己的新闻或评论。不拉帮结派，不屑谄媚，不懂得交际，从不屈服。在圈子里她很孤立。若不是这骄人业绩，恐怕早已被打落到原地。这看起来低调隐蔽，实质上却暴戾天真的性格，不是没有给她带来过阻力。

幸好有 Maya 打点一切。Maya 不是太逼迫她，唱片业绩已非常重要，其他的，她认为可以慢慢改变。毕竟，她已经靠莲安赚到一大笔钱。而且她识别莲安的个性，知道这个性是她天分里的推动力。Maya 是极其聪慧的女人，同时也是精明的商人。她对莲安说，有了钱，你才会有自由，才可以选择不做什么。不做的自由才是最重要的。

若忙碌，便可以什么都不想。她麻木地四处兜转，不知道生活如何在延续。开始慢慢喜欢上酒精和香烟，它们带来的抚慰，细微私人，独自的时候互相依存。在录音之前，她都要喝上一小杯酒。她在唱歌的时候，看着自己的海。那些明亮的光柱，穿透起伏幽暗的海面，直射到灵魂。这是她所信仰着的光。她只是在为那光束而唱歌，为已然逝去的人与记忆在唱歌。

只有在唱起来的时候，才能感受到自己的遗忘或者记得。那只是她一个人的事。

那一个夜晚，与一辰告别。她知道也许这一生再不会与他相见。不是他或者她要消失于这个世间，而是她的意念隔绝了他。她的意念中不再存在这个男人。她不再感觉自己能够见到他。也就是说，她不再抱有对一个男人个体的希望。即使彼此在同一个城市里，也如同消失没有异样。

他像一艘船，沉入海底，也许腐朽，也许存在，已经寂静，再不发出声音。

6

第二天一早，他打电话给我。我没想到他如此有诚意，这举动里甚至有一种少年般的莽撞清澈。他与我约在一家咖啡店。我迟到了，他独自等待了二十分钟。

因为是午后，在阳光下我仔细看清楚他的脸。他坐着腰很挺直，穿一件布衬衣，略微发旧的咸菜绿，眼睛镇定，额头及脸颊上有些褐色的圆形小痣。那些小痣仿佛是属于过往的遗留印记。在提醒我，他对我来说是一个有历史的男人。他有三十三年的历史未曾被我得知。

在咖啡店里我们聊天。他试图告诉我他自己的生活状态，包括在南方读大学时的初恋和快乐时光。他又说起，四年之前，他去欧洲旅行，在南部乡下，看到原野里大片紫色的薰衣草。那长茎植物正在开花的盛期，大风掠过，花丛如波浪一样一层一层地翻滚，呈现深浅有致的层次变化。美得稍纵即逝。他在车子的玻璃窗后，看着它们，感觉到一种已经很少出现的夹杂着喜悦和伤感的惆怅。

那一个瞬间，我觉得自己依旧是不善表达的少年。站在内心一个八面临风的位置上。试图确认自己，优柔寡断。他说。

他又说，今天的心情一直略微忐忑。也许因为你是我生活界限之外的女子。你的内心让我充满好奇，有隐约畏惧。你是否会认为我只是一个朝九晚五的乏味的职业男人。

他轻轻地笑。他很敏感，虽然做着理性的专业工作。但他有一种从外表贯通到内心的洁净直接。

有许多男人浑身散发湿漉漉，酸溜溜，腥臊难闻的气味。怀才不遇且有抱怨的男人，自有诸多阴暗之处。而看起来充满野心的神情激昂的男人，实质上并不坚定，都有自卑。只有这般平和富足的男人，不惧怕流露出真实的自我，因此洁净直接。

告别时他说在后海一家海鲜餐馆订好了湖中的包厢位置。他说，你喜欢吃海鲜吗。但在我略带生涩地提出回绝之后，他接受了我明显的敷衍理由。他递过来一个长形纸筒，外面包着深苍绿的绒纸，扎暗红色细麻绳。我接在手里，略有疑惑，很快猜到那是羽毛球纸筒。拆开，里面是一小把紫色的巴西鸢尾。

这种花看起来，略有些郁郁寡欢，但是不惊不惧，带有一种深意。也许你会喜欢，他说。

7

在常去的小巷子里的日本料理店，莲安见到卓原的手。他在台子后面做捏寿司，手上没有修饰，没有手表，没有戒指，没有镯子。手洁净，洗得略有些发白。清秀的手指，微微的骨节突起，静脉明显，皮肤上有大颗的圆痣。他先铺平紫菜，排上寿司饭，然后轻而有力地捏，再铺上一只剥壳大虾。所有的物质在他的手指之下，充盈着一种柔顺的生命力。在没有工作的时候，莲安每天的晚饭，都在这家公寓附近的寿司店吃。她看他捏寿司，渐渐互相熟识。

卓原是寻常的上海男子，职高毕业，略有些胖，一直找不到合适工作，所以先进寿司店聊以谋生。闲来只喜欢看电视体育频道及喝上几杯。这样的男子，在人群中一抓就是一把。她与他聊天，聊的都是平淡家常。电视，寿司，或者其他。他似乎不认得她，对她的态度一直随随便便，从不问她做什么。她想自己很少出镜很少在媒体上露照片，应该大部分的人在现实中都认不出她。也许他觉得她只是一个在接近他的女子，并且不是太讨人嫌。

她很久没有恋爱。生活圈子开始逐渐狭小封闭，圈子里的男女，因矫揉造作、心态功利，她不愿意靠近，觉得里面不存在感情。圈子外的人，她与他们之间又已拉开距离，很少有接触的途径。她不愿意像其他同行那样，委身于富家子弟或商人，只求朝夕，轻言别离。她想获得一个洁净温暖的男子。虽然很艰难。

接近一个圈外的普通男人，虽然诧异，但却自然。她寂寞，想获取些许世间的暖意。她厌倦那些在台下仰望她视她为偶像的人。只想有人温和而平等地对她，像眼前这个寻常男子，他只把她当作一个寻常女子，陪她一起吃饭，聊天，或者无话可说地坐在一起看电视。她所要的只是那么多。

他令她觉得放松。她在他面前很自在。想做什么就做，想说什么就说。

那天她提出请他看电影。在拥挤的入场口，人群把他们推在一起，他伸手抓住她的手指。转头看她的脸，在昏暗的光线中她的脸像一朵花盛开，闪烁着光泽。在电影院的角落位置里，他突然扳过她的脸来，用力吻她。他口腔里的味道令她很快兴奋起来。他们在整场电影中，一直在接吻。她的脸上全都是黏湿的口水。很久没有一个男人拥抱和抚摩她。她觉得肌肤像有火焰掠过一般，发出灼伤的细微声响。当电影结束，她便跟着他去他家里。

他的家在偏僻边缘街区。打开门，他没有开灯，在黑暗中把她往里面拖。她碰到他的床。一张硬而窄小的木板床，铺着棉布床单。她躺倒下去闻到枕头上陌生的男子气味，某一瞬间略有生硬和疑虑。但是他的身体很快就覆盖住她。她抚摩到他背部的皮肤，这赤裸的暖的皮肤。在他拥抱住她的那一瞬间，她觉得这身体是她所要的。没有一丝生分。

灯打亮之后，他看到她整个人像蜕了一层皮，闪烁出光泽。她起身去脏而杂乱的小厨房里煮咖啡。他的房子是父母留下的旧工房，很小的厨房和卫生间。通风也不好，有湿气及各种物品混杂起来的气味。她光着脚在冰凉的水泥地上走，身上穿着他的衬衣，一边抽烟一边靠在厨房门上看着他。她说，你的床太硬，躺得我腰疼，明天去重新买张大床。他说，我没有钱。她说，我有。我来买。

她喝咖啡，慢慢穿上胸衣、裙子。在灯光下能看清她的靴子是苔绿的麂皮，包括镶着粉色皮草的大衣，都是旧旧烂烂的，但看得出来很昂贵，穿在身上不显得在意。有人打手机给她，她接听，突然神情专注，谈的是合同签约类的事情。她一下子就与寿司店里那个邋遢散漫、神情慵懒的女子产生区别。她身上的那种熠熠光泽，只在瞬间闪现。

她终究还是与寻常女子不同。

他说，你很忙吧。她说，你知道我是做什么的吗？她想与他开玩笑，对他说她是在地铁站开小服装店的。但他却非常冷静，说，你是尹莲安。你的唱片我身边一些同事都有。但我不买。我也不爱听。

你是什么时候知道的？

从你走进店来坐在我面前的桌子上点寿司开始。

这么长的时间来，你一直都知道？

是。那又如何。我从未告诉其他人。我也不是因为你是谁才与你在一起。

她觉得局促和失望，犹如在人群中被陌生人包裹时的孤立。她的脑子飞快地转动，想着是否可以就此消失。这么长久的寂寞，只是因为她是尹莲安，而不是一个普通女子，所以她不能轻易发生普通的恋爱。而她只想做一个简简单单的小女子，与爱着她的男人在一起。带着她自主的心，赤裸的婴儿一样的感情。但那个男人，看到的还是在浮尘浪世里被迫盔甲沉重的她，一个看起来光彩荣耀的她。这和她所想的不一样。

卓原看出来她的失望，走过来抱住她，说，你会买张什么样的床。我喜欢宜家最结实的那张铸铁黑色大床。我会把厨房重新粉漆一下。以后我来做饭给你吃。

8

也许是这被彼此认知和感受的感情，有太多直觉。我们都是骄傲的人，同时感觉到羞涩。之后他有一个星期没有打给我电话。他后来对我说，那一段日子，他感觉自己站在悬崖边上，知道自己即将纵身扑入，并无后路，心里有了恐惧。宁可久久徘徊，得过且过。

我并不觉得自己想他。他对我沉堕的生活并不具备改变的能力。我一早就确信了这一点。我不愿意对无用的人和事浪费时间。这种爱的能力的阙如，是一种自知之明。他的来或去，对我来说，无伤大雅。那段日子，我正办理辞职和准备远出旅行。一个萍水邂逅的男人，如同我后来贴了满墙的寻找阿卡的启事，不会是救渡。虽然看起来貌似是一个机会。

那晚下雪。路上喧哗，很多人打不到车，抛锚的汽车排成队伍。我交了辞职书后，便去睡莲喝酒。这是平时常去的酒吧，在三里屯一个隐蔽的位置里。老板娘是台湾和日本的混血，漂亮活泼的女子，会调各式鸡尾酒。小酒吧做得颓唐，只有打磨的水泥地，放几张大红丝绒沙发，绒面上还有烟洞和污迹，墙上贴满巨大花朵。大落地窗外就是北京最常见的杨树。高大，细碎的绿叶，可以在那里坐上一下午，一晚上。坐在阴暗处的沙发里，即使喝死了也没有人来理。但我喝酒向来有度，知道自己还需回家，并有阿卡需要照顾。黄昏时拿起外套，起身走下窄小的高陡楼梯。

顶着漫天飞舞的大雪往前走，根本看不清楚方向。脸上滚烫。一下午吞咽的酒精又开始在胸中翻腾。刚走出门就扑倒在一棵树下开始剧烈地呕吐。吐出发酸的冒着腥味的液体。但是我看见他，他仿佛是突然出现。他说，我下班，在马路对面看到你，马上把车掉头过来找你。你好吗，良生。

我的头发和脸都已经被雪打湿，当下并不知道要对他说些什么，只是径直看着他。他抱起我。他没有用双手托住我，而是把我整个身体扛在肩上。我的头倒悬在他的背上，发髻散开，一头长发在风中飞起来。他在送我回家，我的心里开始安静下来。

但是我看到的人，是手里拿着一块毯子的他。他用毯子裹住我，说，囡囡，我们这就去医院。小时候我因为免疫力低下，经常反复发烧。即使是在大雪的深夜里，他也要临时推着自行车，送我去医院打吊针。血管太细，护士拿着针头戳来戳去，插不进静脉里面。身体不再受自己控制，可以有任意的介质试图进来改造。我不会哭，只知道躲。他抱着我，身体轻微颤抖，非常害怕。他害怕看到我的痛。

出了医院便带我去缸鸭狗吃东西。专门做甜品和点心的老店，有热腾腾的小馄饨。食物可以用来抵抗一切痛苦和恐惧。他对我的溺宠，是一种剥夺，使我从来都未曾获得独立。即使在成年后离开，带走了身体和意志。

他是我生命里面对的第一个男人，我最终选择背叛和逃离。我们对彼此的生命怀有歉疚和贪婪之心。他使我不懂得该如何与别人相处，获得相信。

他把我放在车子后座上。从我的包里寻找钥匙和通讯录。通讯录上有我的住址。车子缓慢而沉稳地开始上路。这个只见过两面的陌生男子，沉默没有说话。我把脸埋在自己的头发里。我又开始呕吐。

9

她搬出自己位于古北的高级租住公寓，带着简单的行李，搬进他的旧工房，就这样与他迅速同居。物质她已拥有，心里并无计较。她要的是有一个男人，能够在身边，夜夜拥抱在一起入眠。现在他已经出现。

他们把房间重新粉漆，买了新床、地毯和厨具。虽然简陋简单，但是她真正意义上的一个新的家。第一个夜晚，他们在狭小厨房的餐桌上一起吃饭，卓原做的饭菜。她并不深爱这个男人，也不觉得家就是这样。但世间风尘漫长清冷，她珍惜这淡薄的情意。她和他在一起，分不清是因为性，还是因为对感情的需索，还是因为他出现得如此轻易。也许三者都是。

除了他在寿司店工作，一起吃饭，走在路上，她出去工作，他们大部分的时间都是在用来做爱。彼此的身体融合得太好，以至这短暂的欢愉，渐渐成为感情的毒药。用来一日又一日地麻醉。

一开始她就知道他是太过普通的男子。但他的那种庸庸碌碌的懒惰习气，他的贫穷，他的对电视沉迷的贫乏趣味，他的偏激狭隘，还是逐渐让她感觉到轻视，甚至厌恶。她知道这种感觉是不好的预兆。就像曾经对保罗，对分手过的任何一个男人。她最终总是会对他们厌倦。不是对身份或物质，而是心智。心智导致一个人的能力和成就。心智最终还是会胜过肉体的吸引。她总是和那些并不相宜的低层的男子在一起，仿佛一种病态。

她置身的工作圈，接触的大部分是聪明富足的顶尖人物，并且国际化。平时 Maya 带她出入的又是高级场所。难以想象一个置身大众视线之中的人物，在某个场合穿着昂贵的晚礼服刚刚接受完采访，转身进入偏僻地区的破旧工房里，陪着一个一事无成的男人看电视体育频道。

她从来都不把他带到公众场合里去，让别人知道他是她的男友。她也不想，知道他必定会遭人轻视。这是她自己的选择，只能自己担当。身份和生活范围的悬殊，使他注定只能以秘密的身份存在于黑暗里。或许是因为如此，他的心里也一直有积怨。

争吵开始的时候，他就殴打她。第一次动手，他把她从床上拖倒在冰凉的水泥地上，用脚踢，用拳头打，还嫌不解气，拿了一只拖鞋就朝她脸上劈头盖脸地砸。她用手臂去挡头，结果整条手臂上都是瘀青和红肿。后脑被打得肿起来，牵动神经，无法嚼动食物。整张脸都变形。她无法出去见人，对Maya谎称生病，躲了近半个月。

打完之后，他就会迅速后悔。从一个狂暴发疯的人恢复到平时一贯的温和平衡。跪在地上求她，流泪，发誓，拉着她的手要她回打他。这孩子般的把戏一次又一次地重复。每一次都似乎是真的。也的确是真的。因为他不愿意让她离开。他没有朋友，工作回来，就只是一个人在房间里看电视。她是出色的女人，换任何一种偶然，他的生活里都绝无可能邂逅她，并能够与她同床共枕。他知道自己的侥幸。并为这侥幸的容易失落无法把握而怨怒。

而她竟然从来未曾试图离开他，哪怕出走一次。她渐渐感觉不到自己的意志。也许就如同她的母亲临，当意志被需索蒙蔽的时候，会做出屈服的选择。她已经很久没有为食物担过心，只是依旧觉得饿。甚至觉得这种饿比以往更难以承担，是会让血液抓狂的那种恐慌。诺言。抚摩。一个长过夜晚的拥抱。嘴唇滑过皮肤的碎裂般的温度。她需要感情。她需要爱更甚于那个被爱着的人。现在，这个男人就是他。她没有其他选择。

那时候他们已经很少做爱。她没有办法和他做爱。他因为她不与他做爱，更加积怨。但每个夜晚，他们依然睡在一起。即使抱着对彼此的仇恨和愤怒。

她此时才明白过来，为什么卓原会和她如此轻易就在一起。只有那些心理和感情上一样都有欠缺的人，才会互相走近。因为他们彼此之间太过熟悉，并需要互相映照。他们都是对爱有疾患的人。需索爱胜过相信爱，并且之间丝毫没有爱。一点一滴，都没有。

这就是她的秘密生活，没有任何人知道。出去表演或应酬的时候，她总是光彩荣耀。那么骄傲，并且完满。从不让别人探索到任何关于自己内心的隐衷和伤痕，保护自己至为小心和谨慎。她在台上闪烁着光泽，低吟浅唱，似乎和世间的一切真相没有关系。

爱是恒久忍耐，又有恩慈。爱是永不止息。

繁华包围，喧嚣追随，虚名和金钱缠绕左右。但在生命的底处，却没有一丝丝温暖的感情。哪怕只是一个拥抱。就是从那时候开始，她发现自己的生命走入黑暗洞穴，需要摸索的茫茫长途。看不到光亮。她只是知道，她的所得与她的所求，竟完全不同。但她依旧觉得上天始终是公正的。

10

那时我尚住在亚运村附近的高层公寓楼里。十七层。在电梯中模糊感觉到他抱着我。他的手很暖。他伸手来摸我的脸，把我的长发推到额头上去，说，良生，你发烧了。在用钥匙开门的时候，里面传出阿卡激烈地拍打门的声音。

推开门，摸到墙壁上的电灯开关，阿卡对他大声吼叫，但很快就摇起尾巴喜欢他。这间公寓只有五十平方米左右，狭小而凌乱。水槽里塞着脏的咖啡杯子和碗。地板上扔满被阿卡咬坏的拖鞋和狗咬胶。阿卡因为我的晚归，在墙角撒尿拉屎，房间里憋闷着一股极其难闻的臭味。

我尚有意识，直接扑倒在床上。房间里垂着麻布窗幔，棉沙发，原木长书桌，放着笔记本电脑、液晶显示器的台式机。墙上有手绘植物标本素描。大堆随意放置的书、唱片和影碟。地上有一块白麻厚地毯。

他在床边的小木柜上，看到我的药瓶和照片。一张用褐色木相框框起来的照片。十七岁，穿着高中校服的白衣蓝裙，瘦的赤裸的小腿和手臂。跟父亲去苏州旅行，拍一张留念照。两个人并排而立，有相似的脸部轮廓及额头。我的眼神阴郁而天真，站在阳光下面，一边脸沉浸在深不可测的阴影里面。他送我的花也放在那里。搁久了，被抽干了水分。花瓣变成绉纸般的粉白。

房间很小，我听到他来回走动的脚步声。他在卫生间里拿出工具在修理。他在厨房里烧热水。他在清理阿卡的排泄物及垃圾，给它喂够狗粮及水。这些细微的声响离我非常近，带来安全。有一个人出现在这房间里，在照顾我。我觉得安稳，慢慢闭上眼睛，睡了过去。

醒过来凌晨三点。家被整理得很干净。桌子上泡了一壶甘菊茶，旁边放着消炎药片。阳台的窗被打开透气。甚至连放在墙边的七八盆早已经枯死的植物都被带走。卫生间里的花洒和水阀也已修好。破镜子上贴着一张便条，上面写着修理公司的电话号码。

我在桌子上看到一个空烟盒，被他拆开后放在那里。他的字写在烟壳上，字很好看：

良生，你睡觉的中途有间歇性的身体颤动。一摸你的脸，就安静下来。你的生活让我觉得难过。我想照顾你。沿见。

那夜之后，我就没有再与他见面。开始出去旅行。

11

沿见说，在你突然失踪，远去四川云南的那段时间里，我曾有一个晚上梦见你。梦见很大的房子，许多房间，我走来走去，不知道自己在寻找什么。然后在一个角落里看到你。你坐在那里，让我想起以前去黔东南山村里旅行，偶然邂逅暮色中洁白梨花，盛放在山谷里。我看着璀璨花朵，知道它们即将凋落，心里有了感伤。就这样醒过来。心里落寞和难过。

我不想让自己知道，我只是在路过你。我将会失去这回忆。在那段日子里，如常朝九晚五地工作。回家睡在铺着白棉床单的大双人床的右侧。早晨站在卧室的落地窗前对着阳光剃须。开车的时候放柴可夫斯基的弦乐。一个人去游泳。在游泳馆的水底下深深窒息，直到临近底限的时候猛地浮出水面，享受胸腔中破裂一般的疼痛。而你一直都在我的心里。我只是不知道该如何去捕捉你。就像捕捉手指间穿梭而过的风。

我们第二次见面，与第一次见面只隔了一晚。第三次见面，却与第二次见面隔了一个多月。我知道他在寻找我，在我的手机里留下短信。在旅程终点的成都，我打电话给他，对他说，我将去看你。

下飞机，再打车穿越大半个北京，抵达他的公寓已深夜十一点多。我把庞大肮脏的背囊靠在人行道旁边的大树底下，点一根烟，等他来接。那天我的身上是穿了大半个月的球鞋、牛仔裤、棉衬衣、法兰绒外套。脖子上裹一条在大理买的暗红细麻围巾。没有化妆，脏乱憔悴。他后来对我说，那晚我见到的你，削瘦，洁净，像一块灼热的煤炭。

见着他远远跑过来，我直起身来，把烟头丢在泥地上，用脚踩熄。扛起靠在树上的一大把细长茎枝的花束，夹在肩下。繁盛的紫色草花，开得绚烂至极。细长坚韧的枝茎足有半人高。他从未见过这样大把的花，起码有上百株，抱起来满胸满怀。瞬间被震惊以至说不出话来。

我说，这是我在上飞机之前，在花卉市场赶早市买的。我不知道它叫什么名字。只是想送给你。

这把紫色草花，没有芳香，只有泥土腥味。花很细小繁密，不事张扬，却隐藏着桀骜的繁盛。有决绝的力量。这种决绝，在他带着我往前走的时候，我已经感觉到。他要把我带回家。而我在跟着他去。我们不过是只见过两次，而平时又都极为谨慎矜持的陌生人。

穿过黑暗的小巷，走到公寓楼下。空荡荡的电梯间里，红色数字一格一格跳动。离得很近，听到彼此的呼吸声。我只是觉得疲惫，心里明白可能会发生的事情，但也自然平淡。仿佛只是旅途结束之后回到自己的家。

这套公寓，他已经居住三年。有三个房间，两个客厅。每一个房间都能洒进阳光，包括朝东的厨房和卫生间。他用白色和咖啡色的基调统一风格。全套枫木美式家具。甚至冷热水可调的厨房水龙头，都是自己一点一滴安置完备。厨房里有整套的设备，包括咖啡机、榨汁机和烤面包机等小机器，但是一直没有使用。

房间整洁而不俗，散发出内心洁净，周密而严谨的气息。看得出来，他期待一个女子，若那女子不来，他也是要有条不紊地过他的单身生活。我看到他的房间，开始相信他。一个男人要度过七年没有女人的生活，这种坚持的内心力量和标准该是如何的强大和确定。

我让他找出一个大桶，装满清水，把大把花束放进去。脱掉外套，从背囊里取出毛巾和牙刷，进卫生间洗澡。我如愿以偿地在漫长艰辛的旅途之后，洗了一个热水澡，换上干净的旧衬衣。我说，我累了，要先睡一会儿。他说，好。他带我进卧室，掀开床罩。我看到白色的棉布床单。他是忐忑的，但一直强作镇定。替我关掉大灯，走出之后又关上门。我听到他在收拾房间。卫生间里传来沐浴水声。

　　他躺进被子里来的时候，我发现床非常大。我们各自在一侧。房间里黑暗，只有从落地大窗照进来的月光，水流一样倾洒在地板上。那大把紫色草花散发出泥土和新鲜花瓣汁液的气味。

　　他说，你睡着了吗。

　　我说，没有。

　　他说，你的花，我非常喜欢。

　　他又说，我一直打不通你的手机，又打到你的杂志社，他们说你已离职，出去旅行。

　　我说，是。我去了云南四川一个多月。

　　旅途如何？

　　那里现在还是非常寒冷，一路荒芜无人。日日夜夜，搭乘的长途客车，带着村民、行李与狗，爬行在海拔四千七百多米的悬崖边缘，穿越重叠起伏的高原和山峦。有好几次觉得马上就会在冰雪覆盖的崎岖道路上直摔下去。我在这旅途上，感觉到自己在行走，似乎随时会死。

黑暗中他沉默，然后他说，过来。语气坚决。把我的身体拉入他的怀里。他的嘴唇碰触到我脖子上一小块皮肤，温暖滋长。我听到他发出轻轻的一声叹息。

12

那个夜晚，无限漫长，却又短暂。我们睡一会儿，又醒过来。天色很快就转亮。

他与我做爱的姿势，似乎想用他的身体来探索我内心深处一个无法抵达的世间。他此后对我说，我的灵魂，对他来说，是潮湿繁盛的森林。他看到沼泽、湖泊和月光，却知道自己带不走也无法占有。于是他用力并且伤感。

当阳光洒进房间里，他醒来。伸出手轻轻握住我的手，说，你有没有睡着。我说，有。我捡起掉落在地上的衣服，一件一件地穿上。进卫生间里洗脸刷牙。他换上西服，打领带。他要赶着开车去上班，而我要回家。

一直有些沉默，再没说什么话。下了楼，他先开车送我回家。二环在早上堵得水泄不通。我拿出烟来抽。他便从公文包里拿出一张纸，叠了一只小杯子，让我放烟灰。

　　我觉得他对我的态度依旧忐忑。以前看过关于一夜情的心理分析，男人早上起床后的态度，基本上决定感情的走向。但是我却感觉到沿见在掩饰真实的心情。车子停在公寓大门口，他想送我上楼，我回绝，说，你快去上班吧，路上耽搁了不少时间。他点点头，说，你好好休息，我给你电话。

　　回到家，洗澡，拉上窗帘，然后躺在床上，睡得昏天黑地。需要一段时间，来消化这膨胀充盈的感情。我知道。我与他都是洁净节制的人，即使能确定论证，做出选择之前依旧会徘徊思量。而我心里唯一清晰的事情是，如果他就此不打电话来，我就会对这件事情静默。当作从不曾发生。即使我会记得。

　　但下午三四点的时候，他就打电话过来。约我晚上一起去华星电影院看电影。

　　晚上断断续续下起了雨。他买的是九点半的电影票，先去附近一家粤式小餐厅吃饭。我要了一碗冰糖木瓜，很烫，味道清甜，喝下去暖暖的，觉得幸福。电影甚是无聊，彼此也都安静，没有说什么话。散场之后他说再要一起喝杯咖啡，我说好。

在电影院大厅一侧的咖啡店里，他替我要了一杯热牛奶，说，晚上你要早点休息。此时，我们似乎又回复到了第四次见面的程序。从见到面，直到现在，没有一丁点儿身体的碰触，甚至没有拉一下手。气氛一直是温和却略带拘谨。

我定定地看着他的脸。他脸上那些圆形的褐色大痣，这英俊的男子有无限沉着。我知道他终有话说，只要我有足够耐心。也是在此刻，我有预感，在彼此的关系里他才是唯一的掌控者，会决定这感情的走向，或者时间。

他说，这段时间生活里出现一些转折。我打算辞职，与别人合开律师事务所。这件事情牵扯到原来事务所很多人员变动，所以压力较大。

我说，那你要谨慎一些。新的开始总会有风险。

他说，我知道。之前已经想了很久。想好了就会开始做。你今天在家里有没有好好休息？

有。我打算重新写些东西。

他停顿一下，说，良生，搬到我家里来住。这也算是你另外一个新的开始吗。

他说，早上你离开，我试图让自己不做任何判断。但我的心，慢慢告诉我，我要你能够留下来。昨晚你对我说你出去旅行，觉得自己会在旅途中死去。我听了心里难过。我要改变你。良生。要你正常起来，觉得温暖，并且没有缺憾。要你喝着一碗热汤也会觉得幸福，会在我的对面微笑起来。

我说，我得想一下，沿见。

他说，让我在每天早晨醒来时，能够抓到你的手。良生。这是我已经确认的幸福。

13

四月，莲安来北京看望我。

北京有疾病泛滥，正变成一个惊惧不安的城市。死亡的人数逐日增加，人心惶惶，都不敢出门。一时街上空落，雀鸟无声。电视上每天都在播报死亡和感染人数。这个世间，第一次让人警觉到死亡离得这样接近。曾经沉溺和麻木在工作享乐之中的人，都安静下来。他们不再外出工作和聚会，开始独处，尽可能闭门不出。

莲安独自开车，从上海一路疾驶赶到北京。在深夜十一点多，抵达我的寓所。她随身带着两只 LV 的拉锁行李包。衣服未换，桑蚕丝小礼服裙外面套一件麂皮大衣，穿着细高跟凉鞋，露出小颗小颗的脚趾。因为开车，随身带了一双球鞋。连续开车，频繁抽烟，使她看起来憔悴邋遢。一头长发凌乱地覆盖在腰背上。

看到我，只是寻常，过来拥抱我，说，良生，我至为想念你。怕你在此消失。我说，我照样每天下午都还去店里喝咖啡。店员戴着口罩给我调咖啡，姿态比我自卫。人以前只觉得自己重要，或觉得自己应该是不死的。所以他们在死亡逼近的时候，就会恐惧，并感觉孤立无援。但当疾病过去，一切会恢复原状，一样会忘记自己在死亡面前的恐惧和孤独。所有的贪婪不甘又会重新复苏。

我说，莲安，人心不会有什么不同。也许只有一部分人才会因为曾面对死亡获得改变。那些盲的人不会。

莲安在卫生间洗很长时间的热水澡。我做好意大利面条，放盐及橄榄油，又加了一些番茄酱和辣椒。把面条盛出来放在桌子上，让她吃。她把脸埋在面条上，深深吸气，说，我有近十年，没有吃到别人亲手做的食物。她那把洗湿的长发还在滴答滴答地掉水。她用手心用力搓自己的脸，埋头吃面条。

我看到了她脖子上的青肿以及手臂上的瘀血。她神色憔悴，在上海正经历生命里至为难熬的时期。独自开车一千多公里，来与我见面。但见到我，只是寻常。三言两语，洗澡，吃东西，然后上床去睡，很快进入酣睡。我知道，她是把我当作亲人相待。我不问她。

凌晨一两点，我收拾她的行李，把她的衣服挂起来。又把扔在地上的脏裙子和大衣塞进塑胶袋里，准备第二天拿去干洗店洗熨。看得出来这些行头都至为昂贵，动辄上千上万，平日用来衬托她的熠熠星光。她毫不珍惜，只是滥穿滥用。睡在房间里铺着白棉布床单的床上的莲安，在我眼里，只是一个面对一碗热的面条就可以知足的女子。她像长久得不着食物的孩子，让人感觉心酸。

走进厨房，洗弄脏的锅子盘子。电视里放着 DVD，很大的声响，我却不自知。只看到窗外天色隐隐发亮，我想可能到了五点左右。索性也不再睡。走到阳台上，点燃一根烟。看着稀薄晨雾中寂静的城市。

城市停止喧嚣，沉浸于睡梦之中。深蓝色的天空渗透出淡淡的灰紫，有逐渐隐没的星辰。世间万物成全了自身的完整，不再属于人的承载体，要被迫蒸腾出乙醛，二氧化碳，垃圾废气，污染颗粒……它们显出一种真实的尊严。也只有在这样短暂的时刻，人能够真正看清楚自己的处境。不仅仅是生活的处境，也是在宇宙、万物、世间的处境。

如果你知道余生还有一半的时间，会怎样来生活？莲安问过我这个问题。我说，要做喜欢的事情，并且去爱。我所能想起来，只是这样简单的一个答案。我不觉得死有多突兀，多重要，在我心中，它就如同生，有着盛大的真实，并日夜伴随。

14

我带莲安与沿见会面。约他来家里吃晚饭。沿见直接从事务所过来，还未换下西服。穿一件浅蓝的衬衣，把领带稍微松开一点点。因为莲安过来，我需要照顾她，我与他已好久未曾见面。

我在厨房里做菜，莲安在客厅里，坐在沿见的对面。那天她穿着我的粗布裤、白衬衣，光着脚在地板上走路，头发洗得湿漉漉。脂粉未施。

沿见，我是莲安。是良生的朋友。她先开口对他说话。

我知道。良生曾特意去上海看你，就像你现在特意来北京看她。

他眼眉清醒地看着她。他是从不看时尚性杂志娱乐小报的男人，只听古典音乐，也不看电视。所以不知道坐在对面的女子，是一个有名的当红艺人。即使知道，他也一样态度笃定。

我们围着桌子吃晚饭。那晚我做的酸辣虾汤、柠檬鱼，甜点是樱桃蛋糕。莲安侧过脸来，趁他在剥虾壳，轻轻对我耳语，他真是干净的男子。

我说，是。我也觉得他干净。

但不知为何，我觉得沿见与莲安之间气氛诡异。他的眼神中有对峙，并且严肃。也许是彼此强大的气场开始冲撞。他是那种可以对她势均力敌的男人，但他骄傲，一眼先看出她的剧烈，对她先起戒备。即使他一样看得出她的美好。

他吃完饭，帮我洗碗。然后就告辞回家。我送他到楼下。

他说，良生，我回去了。

我说，好。

他走过来，轻轻拥抱我，说，我希望你与莲安好好度过这几日，看得出来，她给你的慰藉远胜过我。

她的生活并不是她的表面所呈现的那样。

这我很清楚。她是明星，但这说明不了什么。你们彼此相知，并且需索。他说，只是这也依旧改变不了什么。

莲安光着脚坐在沙发里，一边晒太阳，一边梳头发。手指起落，神情平然。她似放下了全部心事，也不记得她的现实，只想在这个疾病泛滥的城市里，与我一起日夜厮守，形影不离。贪恋着生。这时时刻刻的快乐。

白天在整个已显得空荡荡的北京城里闲逛，寻找最旧的小胡同，用数码相机拍老树、院子、墙、萧条空落的广场及大街。马路上的车子稀少，很多餐馆和酒吧纷纷关闭。沿途找依旧在营业的咖啡店喝咖啡，让店家放我们带过去的音乐CD，在那里看小说，玩扑克牌，吃蓝莓蛋糕。

晚上找餐厅吃饭，去俱乐部喝威士忌，有时候在后海边上无人的小酒吧里，坐到天色发亮。一起在家里的小厨房做墨西哥式炖菜，看片子，开一瓶酒，说说笑笑，整夜不眠，也就到了凌晨。这是那年四月间，我与莲安醉生梦死般的闲适生活。时间无限缓慢，又无限迅疾。若要浪费它，就必须不留余地。我们如此贪恋不甘。

但我依旧要问起她的情况。她是繁杂人世中的人物，有些事情脱不了干系，总是会有牵扯。我说，你这样来北京，Maya是否得知？
她自然是想催我回上海。但我已关了手机。

她会否对你翻脸？

那应该是在我已经无利用价值的时候。她微笑。我们有时甚至二十四小时需要在一起。她替我想法子经营规划，为我服务。我的事情都由她安排。订单，宣传，展览，广告，合同，推广……所有大小事务，都在她的手中。她更要抛头露面，贿赂笼络，软硬兼施。而我是她手里的赚钱工具。她用尽智谋手段想让我成为她手里最昂贵的商品。

你们在一起的时间也已经很长久。

是。快七年了。她似日日夜夜在为我操心。奇异的关系。因这关系里不会有感情，但却又互相纠缠。她懂得我，想控制我。她找我的时候，我非常落魄。接不到活就会很辛苦，有了上顿不知道该去何处寻找下顿。若没有她，被打回原地的生活还是一样，要大冬天穿泳装演出，站了三四个小时之后，坐公共汽车回家去。饿得撑不下去就去小酒吧跳艳舞，关在铁笼子里要被客人扔烟头。

你总是会记得别人的恩。

是。莲安微笑。我们不是没有替对方付出代价。这些代价不是常人可以想象，我们在做着别人难以想象的事情。

你要珍惜自己，莲安，这一切所得非常不容易。并且上天有恩赐。

她说，那时候年轻，知道贫穷难熬，却并无悲观。相反却是非常激盛。不像现在，有了名利，反倒觉得自己贫乏，且已无所求，非常之厌倦。

她站起身，不想再继续这话题。说，良生，我有时会想起，母亲在监牢里问我要烟抽的那一次见面。我不知道这是最后一面，她已决定去死，而我即将离开故乡，不再回去。生命里有很多定数，在未曾预料的时候就已摆好全局。所以，最好只管把每一天都当作是死之前的最后一天来活。

　　你现在最想做的是什么？
　　也许是生个孩子。她微笑。我不清楚我们该如何让自己重活一遍。

15

　　她终究是要回上海去。临行前，沿见带着我们在一家浙江海鲜餐厅里吃饭，算是辞行。夏季虽已临近，晚上的空气还是寒冷。莲安那日态度郑重，穿了正装。是她随身带的唯一一条桑蚕丝刺绣的小礼服裙。黑色的，丝面上有大朵暗红和粉白的蟹爪菊，细吊带，裙摆处是鱼尾花边，走动时轻轻荡漾。搭一条深紫色薄羊毛流苏长披肩。赤裸的背，肩头和脖子因为寒冷微微泛青。长发倾泻在背上，不化妆，只用些许胭脂。

　　她好久没有以这样一贯华丽的形象示人。与我一起，只是穿条粗布裤子邋邋遢遢就走在街上。那一晚，她确是高兴的，说很多话。说的是圈内人的一些丑闻或笑话，只想把气氛搞得热热闹闹。又一直笑，把香槟当成水一样来喝。

吃完饭她坚持要去卡拉 OK 唱歌。天气沉闷，感觉一场暴雨即将倾泻而下。沿见开车带着我们到朝阳门外的钱柜，已经凌晨一点左右。莲安喝得高兴，又点威士忌。点歌单的排行榜上有好几首就是她自己唱片里的歌。她一翻就翻过去，只点一些过时的艳俗的流行歌曲。脱了披肩，站在当中唱得专注。

这是我唯一一次听到她唱歌。她在日常生活中似要极力摆脱自己的职业，绝口不提唱歌。只想做一个寻常女子。又把手伸给沿见，约他跳舞。是落伍而温柔的华尔兹。寂寥的蓝光轻漫地洒在小包厢的中央。裙摆在脚步移动的时候，像花朵一样盛放，拍打赤裸出来的腿。莲安脱了高跟鞋，光脚踩在地上，非常自然地用手环住沿见的脖子，把脸靠在了他的胸口上，闭上眼睛。

我只觉心里黯然。她应该找到一个能够彼此温柔洁净相待的男子。而一个寿司店侍应却是有理由恨之入骨地折磨莲安，她即使日夜睡在他的身边，也依旧无法被占有。他不懂得她想什么，要什么。他是球赛中因实力有落差，只能一直在捡球的对手，因此有怨怒。

而此刻的欢喜知足，对莲安来说，她明白只有一刻，所以肆意放纵。

我喝得太多，只觉得难受。走到卫生间去，吐得似乎要把所有的内脏都呕出来。回到包厢里，莲安还在乐此不疲地唱。沿见扶住我，说，良生，要不要我们现在回去？我说，不，不，我觉得很好。让我们再唱一会儿。模糊中听见莲安在唱一首《但愿人长久》，明月几时有，把酒问青天，不知天上宫阙，今夕是何年……细微婉转，幽深难测，动人心意。她的声音一直在那里漂浮。

我躺在墙壁旁边的红沙发上，踢掉鞋子，蜷缩在上面，睡了过去。突然又惊醒过来，看到包厢里沿见与莲安不在，只有音乐还在重复。我又睡过去。安稳沉实。耳边一直回响着那段歌。

醒过来的时候，看到自己躺在房间里面的沙发上。外面下起滂沱大雨，雨声剧烈地敲击在玻璃上，发出沉闷声音。这一刻心里渺茫，不知道身在何处。一开始以为是在上海，又觉得是在故乡的旧房子阁楼里。又想是在西贡雨季的小旅馆里，滂沱大雨。所有去过的地方都混淆了。心里无限怅惘。

房间里有巨大的电视声音。光线昏暗。莲安依旧穿着她的丝裙子，光脚坐在我的身边，脸上的胭脂褪淡，静静抽着一根烟。我说，莲安，我们回家了吗。

是。你醉得厉害。我们便回家来。沿见已经回去了。

几点了？

可能是凌晨五点多吧。

她脸色憔悴，支起身来，给自己点了一根烟，然后倒了一杯水给我。我就着她的手，喝完水。她突然紧紧拥抱住我，浑身颤抖。脸上却嘻嘻地笑起来。她说，我们大概又要很久不能见面。良生。为什么每次与你分别，都好像是很长久的辞行。

我说，留在北京。与我和沿见一起。我们会照顾你。

我终究是要回去。但回去即要和卓原分手。我不能再与他在一起浪费时间。我是一个饮鸩止渴的人。多么可耻。她又笑，良生，我明白人世的现实和安稳，需要舍得才有。但我总是有所留恋，如此贪婪，迟迟不愿意放手。

我觉得头痛欲裂，不知该如何挽留她。她轻声自言自语，良生，以后我若听见电视的噪声，我便会想起你。你的世界脱离真相般地寂静。而我们在说话，一直一直说下去。不知道人的一生，有几次的可能性，对另一个人敞开心扉。她又说，我与你说话，就像对自己说话一般，不知不觉，心酸难过。

若你知道生命还只剩下一半，你知道这个期限，将会用何种态度生活，良生？深夜醒来，如果能够看到身边爱人沉睡之中的脸，这样的日子过一天便少一天。一生也就是这样的长度，即使不用来做这些，也只是做些其他的事。如果你愿意，与沿见在一起。他是值得交付的男人。良生。

她在北京住了十七天。在五月的时候离开。

16

莲安离开后，我便搬去与沿见同住。他帮我把几样旧家具、电脑、大堆的书及随身衣服搬入他的地方。我知道他是想与我结婚，但彼此在一起的时间太过迅速，速度猛烈。也许相处一段时间也好。毕竟我们都是成年人。有着长远的打算，更不急于这一时一刻。

生活很快就正常起来。我住在他的家里，渐渐熟悉家里的空间和每一件摆设。而这房子，也正逐渐渗透着我的气味和温度。沿见说，现在一打开门，先闻到的，就是你的味道。一闻到这股味道，就知道我回到家里了。他说着这话的时候，脸上有喜悦知足。

早上我在厨房给他做热咖啡喝。咖啡机发出咕噜咕噜的混合声音，房间里弥漫着咖啡香。开门送他去上班，嘱咐他开车小心。独自在家里度过整个白天。晚上做好晚饭等他回家。家里的事情，不能算少。帮他熨衬衣和长裤，擦地板，给花草浇水，煲好热汤留他晚上回来消夜。有时候他带我出去吃饭，顺便再去超市买水果、咖啡粉、烟以及粗麦面包。他推着车跟在我身后，我走在前面挑选。食物的富足和丰盛，以及饮食男女的平淡生活。这表相上人世的现实与安稳，在某一刻竟让我自己惊惧。

看到自己用超过十个小时的时间来睡眠。坐在街角咖啡店里阅读，就可以打发一个阳光明亮的下午。烹饪一条鱼，在鱼身上划出细细纹路，慢慢用手指抹擦着，渗进盐粒，葡萄酒和姜汁。熨平一件衬衣的褶皱，犹如在抹去时间的印记一样慎重。这样的缓慢，寂静。姿态奢侈。生命若开始知足，本身已经是一场浪费。

他也带我出席一些公众场合。在他的公司年会上，我见到了他的同事，以及他的老搭档倪素行。我知道他们长年来互相合作，她帮了他不少忙。那聪慧能干的职业女性，穿着精致优雅，无懈可击。即使在宴席上，两人应对着，低声交换几句。非常契合。

她在我独自一人的时候，特意过来对我敬酒。对我说，沿见金屋藏娇这么久，终于把你带出来了。眼神中却有落寞。我内心触动，回家的路上便问沿见。他说，素行的确跟了我很长时间。又与我一起合作事务所。但我见着她，就如同见到自己。你与她不同，良生。你的灵魂对我来说是森林，有无限趣致。

但他的占有欲日渐明显。以前对我的粗布裤和球鞋从无异议，现在却开始有要求。要求我走路腰背挺直。又要我把头发梳平齐，且最好放下来而不是盘着越南髻。我此时才知道他原来是一直更喜欢穿高跟鞋长发如丝缎的女子，且观念传统。他说，良生，何时你能够研究一下，怎么样才能把裤线熨得更直一些。你要让你的男人出去工作时，衣着整洁，这样才显得有面子。

他要一个学会独立思考的女人，把精力集中到懂得如何熨一条笔直的裤线。这是他对妻子的所求。他对我有条不紊，他勤奋工作，让我衣食无忧，并苦心建设我们此后也许是大半生的富足平淡的生活。但他更想把这片有趣致的森林改造成一座安全的城堡。

每天早上他醒来，先寻找我的手。轻轻地握在他的手心里。这是他每一天感受的第一件事情，知道我在他的身边。触手可及。我知道他在爱着我，不用言喻。

17

良生，那我们来数一数，在这一生之中，你会躺过多少张床？

父母的床。少女的时候，铺着雪白的碎花床单，枕头绣着荷叶花边的床，那张床上有你的第一次经血。与男人第一次做爱的床，有他精液的味道。学校宿舍里的床，总是被很多人坐，没有秘密。然后离开了自己的家，你开始睡在不同男人的家里。不同男人有不同的床，不同床上便有不同的气味和触觉。你可以住一晚，两晚，半个月，一个月，三个月，半年，一年……而你知道，能够停留下来的最长的时间，绝对不会是你的一生。

有时候你在黑暗中醒来，便忘记自己是在哪张床上醒来。有惘然，觉得落寞，你竟不知道在何处才能歇息。更不用说那些不同的城市不同的旅馆里睡过的无以计数的床。那些陌生的床，有无数的陌生人痕迹。它们使你的记忆变成一张地图，纵横交错，只留下标记。

我们能够找到一张可以让自己一直躺着的床吗。日日夜夜。永垂不朽。

恩　和

1

孩子。孩子像核一样植根在血肉深处。因着意念,逐渐膨胀。渐序发芽。绽出花蕾。枝干挺直蔓延。直到它成为依附肉体而存活的一棵树。汁液饱满轻微颤动的树。莲安说,我的乳房里有肿块,子宫又有肌瘤。医生说这妊娠危险。有可能随时流产。但是我要这个孩子。良生。我要。

有些个夜晚,我会见到莲安。她这样鲜活,与我靠近。是在南京新街口附近的租住小公寓里。褪色灰暗的墙壁,水泥地板,斑驳的天花板渗出雨水痕迹。莲安坐在窗台上抽烟。南京的夏天太过炎热,阳光剧烈。她光裸着身体在屋子里晃荡,已不需要尊严或羞耻的提醒。她被某种强大的沉堕的力量掌控,面目全非。

怀孕六个月的身体,瘦而奇突,乳房肿胀,腹部隆起。她常脸色苍白,皮肤上冒出蝴蝶一样的褐色斑纹。身体变成一个脆弱易碎的瓦罐,断续地出血,只是少量。但有时她半夜在床上醒来,摸到床单上温暖并且稀薄的液体。是淡褐色的血。腿上也有。带她去医院检查，抽血化验，做 B 超。胎儿每次都还是好的，没有坏掉。

我习惯了她的血，散发着淡淡腥味点点滴滴流淌不尽的血。每天睡觉的时候心惊胆战，怕睡过去莲安会在深夜流产。一夜惊醒两三次。或总是梦见自己踩着摸着一地的血。在那段时候，我变得惊慌而暴躁。

但是我听到她低声唤我。良生。良生。过来听一听。她坐在楼顶阳台的藤椅上，黄昏，紫灰色与暗红晚霞互相交会。天色暗淡。鸽子在屋顶上咕咕地轻声啼叫。波斯菊开得招摇，在风中轻轻起伏。她穿白色的宽身细棉裙子，把裙沿顺着细瘦的小腿撩上去，撩到腰部。我蹲在她的面前，把脸贴在她的腹部上。隆起而柔软的腹部。皮肤温热并且光滑。有清晰轻盈的心跳声，一下，一下，击打我的脸颊，飘忽但是有力。这小小的生长中的树。莲安用手捧住我的头，温柔地抚摩我的头发，发出轻轻笑声。

我的心这样酸涩煎熬，因着这幸福，以及幸福的短暂。

2

恩和的生日是二月十七日。早产，生下来时不足六斤重，一落地即被抱进新生儿监护室里看护。莲安在怀孕时的不知节制，酗酒抽烟，以及心情抑郁，都给孩子带来影响。我每天给莲安送完饭，便去新生儿监护室的窗外看望她。看着她在恒温氧气箱子里入睡，或者醒过来，转过脸，用黑眼睛静静地看着空处。有时候她噘嘴，伸腿，咬自己的小拳头。她像被折断翅膀的天使，陡然降临这个尘世，还未曾得知生命的痛楚。

我极为爱惜她。三天后，第一次把她抱在手里，这柔若无骨的小小肉体，像水泡在手心里碎掉般的透亮。让我惊惶得手足无措。觉得自己的胸肋都会硌着她。她很虚弱，但依旧是一个漂亮的女孩。头发漆黑，有淡淡的眉，眼睛明亮，似浸润着眼泪。小脸如同莲花般皎洁。爱哭。笑起来则使人忘掉一切烦恼。就是这样的小小宝贝。

哭了冲奶粉给她喝，半夜起来换尿片。但她使我和莲安的生活，一下子富足起来，是这样簇簇涌动着的温暖火焰，照亮我与她的生命。

同室的产妇，每天都有大堆亲戚出入，热热闹闹。孩子轮换地被抱着，亲吻，抚摩。鲜花与礼物从不间断。莲安冷清，只有我一个人来来去去。若有多事的人问起父亲为何没有来，我与莲安均不动声色，微笑着说，他有事出差。于是他们回应，真辛苦。自己一个人来生。怜悯显露在脸上。

这世间许多享受世俗幸福的人，觉得别人若与他们的生活有细微不同，便是极大的罪孽。他们是活在自我小天地里的人，生老病死，一生即使盲也是圆满。我与莲安无所谓。只是恩和。恩和下地之后便没有男性的手来抚摩过她。没有再多的人对她表示欢迎。有些人生来便带着生命的诸多欠缺，犹如一种原罪。恩和没有躲过。

恩和自小便是敏感激烈的孩子。敏感的孩子早熟，激烈则容易带给自己和旁人伤害。她三岁时，便会因为小小心事，不愿意吐露，一个人关在紧闭的房间里不出来。身体也虚弱，三天两头就会发起低烧。这低烧有时候给她喂些许糖浆就会平息，有时候不知不觉半夜醒来摸一摸她的额头，已烧得滚烫。要用毯子包裹住她，连夜打车送她去医院打吊针。

她有天生的依赖，需要得到旁人的更多关注，所有的爱与恨都有着水晶般的脆硬，一拍就碎。我知道自己其实对她诚惶诚恐。因与莲安，皆有过欠缺的童年，知道这欠缺的阴影难以驱除，甚至对一生都留下创伤。且只能通过漫长而流离的自我摸索，才能够渐渐探测到真相。所以我自恩和一岁时开始带她在身边，就未曾轻易离开她。

独自一人带得非常辛苦。平时只能在她入睡时，趁些许安静，抓紧写稿。有时让她在地上嬉戏，一边用言语哄她，一边在桌子上写。去超市买菜都用囊兜抱着她在胸前。

我总是要随时在她的身边。让她知道饿的时候，寂寞的时候，难过的时候，伸手就能找着我。这对她会很重要。让她知道，在身边总是有一个人在。这样，即使以后长大，面对其他的人和事，一样可以获得信心。我不愿意让她有失望。即使以后难以避免地会有，那也应是对人世，而不是对感情。在她生命的最起初，她就应获得感情，并得知它的真相。

我对她有无限娇宠，但又并不想让她觉得对一切可以无尽需索。她会懂得与别人彼此交付。即使她会与我融为血肉，终究也会脱离我而去，用她自己的方式生活。所以我们用成人的方式相待。亲近，但不亲热。有不欠缺的距离感在这里，只为彼此尊重。我随时都会询问她的意见和感觉，并鼓励她说出来。与她交谈。时常拥抱她。

我只想她能成为一个欢喜善良的人。别无所求。

这名字是我替她取的。我把她从在上海寄养的保姆家里接出来，带回北京。飞机上起的名字。跟的是我的姓。苏恩和。恩慈的恩，和善的和。

莲安自她生下来之后，便一直叫她囡囡。她对我说，囡囡每次被我抱着喂奶都要哭，一旦被你接手却笑吟吟。她与你的缘分，也许比与我要深。

我说，你抱着她不舒服吧。孩子的身体敏感。你抱她太过小心紧迫，仿佛她是你的唯一所有。但你不能渴望占有她。莲安。她一被生下来，就是完全独立的生命。她会有自己的意志。

是。是。我知道。

但她还是娇惯恩和。一点点哭都让她紧张焦灼。她产后创口愈合缓慢，出血一直淋漓不尽，不能起身。我时常留在病房里陪她过夜，照顾恩和。那些日日夜夜，躺在她床边的小床上，房间里寂静清凉。偶尔能听到女婴在睡梦之中发出咿咿哦哦的低声吟叫，非常甜美。空气中有一股奶粉和幼小皮肤散发出来的醇香。这一方小小天地。我知足接近满溢。不想起一切的事情。只愿让时间停顿。

她有时深夜痛得睡不着，轻轻唤我，良生。良生。我走过去躺在她的身边，让她从背后拥抱住我。她轻轻叹息，把脸贴在我的肩上。我背对着她，心里是彼此意念相通相融的温暖，脸上却安定沉稳，如同一面湖水，不泛起一丝波纹。清凉洁白的月光就照在我们的床上。莲安抱着我，我抱着恩和，恩和也醒过来，在月光里挥舞着小手呀呀地低声叫唤。

初春的温暖气候。花好月圆。这是我们三人最后一次圆满的相聚。

3

是在我们分开三个月的时候，莲安打电话给我。我已经很长时间失去她的消息。若打电话给她，必定是秘书台的接听。她就是这样的女子。内心情意深重但与人相交始终都是淡然如水，看起来断然无情。

那日黄昏我正在厨房里，用手剥黄花鱼的头皮，准备煲鱼汤等沿见下班。莲安的电话背景嘈杂，在某个热闹的大街路边。汽车喇叭嚣叫一片。她的声音细弱，却无限分明。良生。我怀孕了。我在南京。想让你来。

我说，你怎么会去了南京。

她说，你来了再告诉你。请快些来。良生。她挂掉了电话。

我觉得心里混乱，走进厨房做事，手上一阵刺痛，原来鱼身上一根硬刺扎入手指，锐不可当，血顿时涌出来流满整个手心。用水洗掉血，脑子渐渐清楚。拿出旅行包整理行装。抽屉里有沿见剩余的两千块钱家用，放进包里。怕打电话给他，他不答应我走，就留了一张条给他。沿见，我去南京与莲安相见几日。有急事。会尽早回来。

在火车站买到一张夜行的火车票。深夜行驶的火车车厢里，车轮与轨道重复的摩擦声音整夜纠缠，行李混合着炎热天气人体汗味的臭气，年幼的孩子整夜哭闹。躺在窄小的硬席上，无法入睡。自从云南四川旅行回来，与沿见在一起，很久没有独自出行。短暂旅途上的颠簸，让我得以审视自己的生活以及与沿见之间的关系。

我很清楚这个变故极容易打破我和沿见小心翼翼建立起来的生活。他在等待我的妥协，与他结婚，与他同床共被，生儿育女，思量如何为他熨直一条笔挺的裤线。我知道如此我便会渐渐沉没到海底去。但心里有一块总是欠缺。半夜失眠醒来，离开身边酣睡着的男人，独自走到阳台上，看着大玻璃窗外即将到来的凌晨。一幢幢林立的石头森林依然沉浸在湿润的夜雾中，远方的天空泛出淡淡的灰白。庞大的城市尚在沉睡之中。

这样的时分，有一种心灰意冷。生活似乎是虚假的，却又这样真实，并重重包裹，让人喘不过气来。我想念莲安，她与我是对立的镜子，看得清楚彼此的意志和欲望。她是我的反面，抑或是我的真相。当我失去这面镜子，我是盲的。

我从北京一路坐火车来到南京。莲安站在火车站出口处的人潮中等我。初夏天气，南京闷热潮湿。有小雨淅沥。她站在浑浊人潮的角落里，穿一条发皱的宽身裙子，光脚穿双沾满污泥的绣花缎面木头拖鞋，腹部微微隆起。没有带伞，直直地站在雨中。我这才发现她剪了头发。非常短。像十五六岁的少年。

她见着我，脸上便绽放出确实的欢喜来。穿越人群，走过来用力拥抱我，说，你来了，良生。真好。我跟着她往前走，她的拖鞋就在雨水中啪嗒啪嗒地响，小腿和裙边上沾满斑驳泥点。在公共汽车站拥挤着上车，有民工样貌的男人粗鲁推搡，她用手护着肚子当即破口就骂，并用力击打那男人的肩。眼神中的强悍及狂热，前所未见。她浑身散发出来的母性和自我保护，就如同兽，剧烈至极。

虽然显得苍白削瘦，眼睛却湛亮。

这是我们自认识之后第一次去坐公车。她的景况已有很大转变。的确是有变故发生。

我们坐在她临时居住的民房里。房间狭小肮脏，且已拖欠两个月房租，房东把大部分的家具都已收走。只留得一张床，一张旧桌子。桌上有吃剩下来的榨菜，一盆粥。四五只苍蝇在碗沿边上逡巡不去。她说，最近孕吐太厉害，根本吃不下任何东西。良生，我觉得非常饿。

房间朝北，一整天都显得暗，即使夏天也十足阴寒。她坐在小单人床的床沿边，仍有兀自激盛的生命力。先问我要烟，给她，她便点了，几近贪婪地抽一口，深长呼吸，脸上显出鲜润。她说，我已与Maya闹翻，不打算再与她一起做事。她前几日刚召开新闻发布会，宣布要去法庭告我。说我单方面解除合同，要付巨额赔款。我哪有钱。我的钱有大部分在她手里，都还未结算给我。我也不知道那张合约，一签就签了我二十年。她是要我把一生都卖给她吧。

你当初为什么不懂得保护一下自己。

我那时候年少无知，又正落魄，不知道那么多。而且还一直试图让自己相信，她对我是会有感情的，不会只是简单把我当作工具。她淡淡一笑，但与她解除合同时，一样发现有许多环节都有欺诈和隐瞒。我不觉得失望，良生。我与她的七年，缘分也到了尽头。其他的事情，倒是无所谓。

你不再做事了吗。

现在这样子没办法出去做事。她要我去流产。我们争执。我不管如何，都要把这个孩子生下来。

卓原呢。

与他分手。我搬出来，家具电器都给他。他很早就开始偷取我的存款。所以，我出来的时候什么钱都拿不到。打电话给他，让他好歹留一些给我。他不肯。

他这样可算是偷窃。可报警。

你要我为了钱与这个男人同堂对质吗？她微笑。他知道我不会。以前再怎么吵闹，毕竟是一个可以睡在身边的人，不用设防，我即使不爱他，也是与他亲人相待。没想到会这样来欺骗。她又摸着一根烟，按了打火机。

一切都是因为钱。良生。他们只是为了钱。钱是多么实在的东西，人见人爱。现在我已经一无所有，落魄到底，于是身边所有的人都可以失踪，那些光鲜的人儿，那些崇拜仰慕的人，那些想来分一杯羹的合伙者，那些孰真孰假的所谓朋友走的走，散的散。非常干净。我所剩下的，就是肚子里的孩子。还有你。

跟我回北京去。莲安。让我和沿见好好地照顾你。

不。良生。若你真的想帮我，请不要让沿见知道，让任何人知道。

让我渡过这个难关。她走过来轻轻拥抱我。

不用为我担心，良生。从母亲把我生下来之后，我便学会了随波逐流，不对任何变故有忧惧。我要活下去，生下这孩子。我要原谅他们，并忘记这一切。我想，我只是有一些失望。我似在海面底下极力挣脱某种东西，要浮出来呼吸。我知道我要用力。

4

我留下来。我明白这不可能是三天两天的事情，也不会是三个月两个月的事情。莲安在这里，落魄，流离，承担着她巨大的落难，对人世的不信以及决然意志。她变得这样的重。重得靠自身的力量难以维持，需要我帮她共同背负。

我换掉手机号码，不让沿见来找。这件事情我既已答应莲安为她守口如瓶，便不想再让任何人介入。即使是沿见。我找到一份工作，在一家私营小广告公司做文案。没有太多挑选的余地，现在急需用钱。这样才能换房子，每个月有固定收入付房租，买食物给莲安吃，以及为她储备分娩的住院费用。

我们搬到新街口附近的小巷里。是旧公寓，虽然还是狭小简陋，但毕竟是朝东南的房间，整日有清新充沛的阳光。爬上小楼梯，有一个屋顶露台，可以种植花草和乘凉。环境的改变，也许可以让腹中的胎儿更健康一些成长。

我又买了一辆旧自行车。每天六点半被闹钟叫醒，起来匆促梳洗，给莲安准备好牛奶，水煮鸡蛋，中午的便餐。急急骑车到公司。公司里业务忙，有时候直到下午三四点钟，才能到楼下的快餐店吃到第一顿饭。经常需要加班。晚上回家再做饭给莲安。

很辛苦。这辛苦是从皮肤从指甲缝里都会渗透出来的酸涩煎熬。已经多年未曾这样努力地工作过。公司老板，那肥胖的中年男人，在我第一天进公司开始，便一直企图性骚扰。老婆就在这个私人公司里做财务，每天虎视眈眈冷眼相对。若沿见知道我在这种龌龊底层的环境里求生，不知道会多失望。但不能轻易辞职。我必须保住饭碗来维持与莲安的生活。

需定期陪莲安去医院做检查。在大堆人群中排队，等候，体检，取报告。莲安的子宫有肌瘤，乳房有肿块，身体隐患多，怀孕比一般人辛苦，需要承受更多的苦楚与危险。

一个月，又一个月。从起初的妊娠反应，呕吐，胃酸，吃不下任何东西，到体重增加后，气喘，小腿抽筋，各种病症明显，晚上很难入睡。并且她时有抑郁。因为抑郁无法脱离烟草和酒精，并企图服用安眠药来治疗失眠。这是我们之间起争执最频繁的原因。只有孩子。孩子是光。虽然微弱，照耀我们所泅渡的黑暗海面。

莲安从未对我提起孩子的父亲，也无从探测。她不觉得这是一件重要的事情。因为不重要，无从说起。仿佛这个孩子，是她自身分裂出来的一部分细胞。她镇静并且沉着，知道孩子将会完完全全只属于她。

她的肚子越来越大，身形走样，皮肤上浮满色斑。素面朝天，穿着布鞋出去散步，没有人知道这个面容平淡身体臃肿的女子，是一个曾经被众人瞩目的女子。因为幼小生命的寄居，她的灵魂成为一种容器，暗而深邃。脸却显得比之前年轻，轮廓如同少女般清瘦凛冽，熠熠闪烁。

她不看报纸，不看电视，没有任何朋友，平时就一个人在家里，在露台种波斯菊与鸢尾。研究英国人编著的远古植物化石图册。她说，看到那些很久很久之前因变成化石，烙刻在岩石之中的被子或裸子植物，便觉得时间永恒。记忆也应属于时间，而不属于人。人是会消失的。良生。她说，但我们的记忆会因为意念流转，也许一样抵达某个新的白垩纪。

每天黄昏，她在固定的时间上露台，用相机拍下天空云和光线变化，在家里洗照片。每天都是不同的，她说。在照片里能看到时间的流动。那些机器她是带了出来，只是我们都不舍得拿出来换钱。

她喜欢《约伯记》与《传道书》。深夜我们躺在一起，她读给我听：万物满有困乏，人不能说尽。眼看，看不饱，耳听，听不足。已有的事，后必再有。已行的事，后必再行。日光之下并无新事。岂有一件事人能指着说，这是新的。那知，在我们以前的世代，早已有了。已过的世代，无人记念，将来的世代，后来的人也不记念。

她说，良生，这真是我读过的最为厌世但是美的句子。我们现在所受的困顿，也只是寻常的苦。所感受的希望，是寻常的幸福。她拉着我的手，放在她隆起的肚子上，让我轻轻来回抚摩着它。我一天工作下来，非常疲倦，慢慢睡过去。手心下面的生命，兀然地静默生长。一切都是值得的。如此珍贵。

5

七月，莲安在南京度过生日。我们平时都是不关注生日的人，从不庆祝，但这次我却想攒钱带她去西餐厅吃顿好饭。

她少女时候与一辰在一起，之后又出人头地，见多了奢华干净的环境，骨子里不是没有华丽作风。且要多奢侈就可做到多奢侈，煞是纵情。但今非昔比，如今只是去家小西餐厅，便让她雀跃。那日听我说订了位子，兴奋地去衣柜里找衣服。不管境遇世情如何转变颠倒，她总是有赤子般澄澈情怀，非常天真。

根本没带出来几件贵重衣服，找了半天，翻出一条旧的缎子连身裙。被压得很皱，用熨斗耐心熨平。芍药花图案的长身裙，本来腰身就是宽的，现在穿上已是紧包着肚子。不能穿高跟鞋，穿了我的一双球鞋。找出一条镶土耳其玉的银项链，郑重戴上。

我们吃小牛排、三文鱼、新鲜树莓，以及冰激凌。又特意为她开一瓶香槟。最后她发现还有一只小小的栗子蛋糕，欢喜得拍手惊叹。在那一个瞬间，尹莲安似又回到了过去。一个脱去光彩面具的淡薄女子，也是一个暴戾天真，需索着欢喜与感情的孩子。这百般物质对她的经历来说，只是寻常。但她知道，如今这一切，是我为她尽力而做。她不言感激。她只是欢喜。

喝光那瓶香槟，两人醉醺醺深夜走出餐馆。夏夜的一个好天。空气湿润清凉。在路边灯火通明的市场小摊上，我买了一小把农家采摘下来的栀子花给她。大朵白花连着青翠绿叶，芳香醇郁，她折下一朵轻轻别到她的发鬓上去。脸上的胭脂已经褪却，一张脸在夜色中闪烁出洁白光泽。

她轻叹一声，说，良生，我觉得我已经老了。但今夜多么感慨。真想与你一起再像在稻城时，痛快地跑上一段路。如果没有肚子里的孩子，就能与你跑一圈。

我说，那我来背着你跑。

她说，好好。笑着往我背上扑，两个人打打闹闹，欢喜起来。一路走回公寓。

在那个夜晚，我们失眠，无法入睡。她拿了一辰给她拍的照片出来，有一朵栀子花别在漆黑长发边，站在旅馆旁边的石廊边上。这是莲安拥有的第一张照片。黑白，手洗。她这样削瘦，单薄的身体，有警觉的眼神，但是非常美。有着和临一模一样的脸。

她说，那年十五岁。日子真是过得快。尹一辰是在去年患癌去世的。我出去旅行，只为这件事。自在上海分别之后，我就再未见到过他。

她说，觉得难过，一个人到处走。我似是不再爱他了。但却记得他的一切。就像那片海，我知道再也回不去，却仿佛始终站在那里，听着雨水掉落在潮水中的声音。是这样缓慢、寂静而又漫长的记忆。良生。

6

恩和两岁，我的手头渐渐宽裕，刚好以前的瑜伽老师爱茉莉从巴黎来信邀约我去旅行，说，你可以来巴黎住一段时间，住在我的家里。站在露台上能够看到塞纳河。而夏天的塞纳河边，有人唱歌跳舞。或者也可以什么都不做，只是坐在咖啡店里晒太阳。

我之前一直照顾恩和，已很少时间关注自己的生活。她又热心替我操办签证。一应繁杂手续办妥之后，我便收拾简单的行装，带恩和上路。

我穿着牛仔裤、白棉衬衣，背着登山包，把恩和放在胸前的囊兜里，坐深夜十二点的法航。脸色疲惫的夜航旅客。充满噪音而又无限空旷的机场。熟悉的荒芜感突然迅疾地包围过来。我感觉自己似乎在上一艘船。在梦中我见到过那艘船。它的船舱里躺满各种肤色，讲着各种语言的人。它要经过马六甲海峡、大西洋，在波涛汹涌的夜色中颠簸。它去向一个又一个陌生遥远的城市。意义不明。

十一个小时的飞行。恩和一直睡觉，睡醒喝水。她在陌生的环境里很乖。我怕恩和丢失，上洗手间也背着她。狭小的卫生间里，看到镜子里自己脱水干燥的脸。洗手，水声在巨大的轰鸣声中失去质感。我用手臂围绕着胸前的孩子。恩和温暖弱小的身体紧紧贴着我。我突然想起这长途飞行是我这么长时间以来的第一次外出。我潜心躲藏，与恩和互相依偎，与世相隔。现在又出来面对世间。

我不觉得我的一生已经了结。有些事情结束，有些事情开始。走在路上，依旧觉得心旌荡漾。有了恩和之后，我对这个世间有更多肯定感受。她使我真实体验到生命彼此需索与交付的恩慈。没有计较。没有条件。我开始变得确定。

经济舱的位置窄小，坐久了让人感觉缺氧昏沉。有人彻夜不眠地看电视。空气混杂着各种皮肤和头发的气味。喉咙干涩。我在闷热的机舱里间断地醒来，醒过来分明地见到莲安。她坐在我的对面，直发倾泻，戴着祖母绿耳环。眼角有细微的散发光泽的纹路。眼神像一小束洁白月光。

这是两年前在云南四川路途上邂逅的尹莲安。仿佛是前生的事情。但是我记得她。我知道她总还是会突然出现。或许依旧是在车站的某处，等着我，对我说，良生，你愿意跟着我走吗。于是我昏昏然低声地在寂静里说，我愿意。

她痊愈出院的那天，我早上去医院接她们，莲安已抱着恩和不辞而别。空落的床铺只留下一张纸条在枕上：良生，我回上海，挣钱养活囡囡。请你回北京，与沿见和好。再会。

　　我手里捏着那张纸条，在枕头下看到一只她无意遗留的恩和的小袜，便拿起来放在鼻子下面闻。婴儿的奶香犹在。我的心里却只是寂灭。把袜子收进口袋里，当晚就辞掉在南京的工作，退掉租住的小公寓，收拾好行李。用剩余的钱买了一张机票，飞回北京。

　　在飞机上，我感觉自己在发烧。用毯子裹住头，不吃不喝。突如其来的炎症。漂浮在剧热和寒冷交替的浪潮里面。滚烫的手心和额头。身体被某种焦灼和悲伤封闭着。像一场压抑许久的火灾，星星点点地燃烧着，终于爆发出来。

　　在这张纸条里，我已经得知她的心意。她不愿意再继续拖累我。在她最无助的时候，她让我来，是因为亲人相待的需索，离开我，是因为这份亲人相对的淡薄。她总是要强，不能接受别人的照顾。她对我一如对待那些与她至亲的人，从来都是自私的，为所欲为。不知道会伤着他们。她一定是要做那个提前上路的人。那个提前来说再见的人。

只是我觉得非常寂灭。我身体里最重要的一部分支撑被完全抽离。沿见在机场接到我，直接把我送到医院输液。折腾一夜。昏迷中我仍能听到走廊里护士的凌乱脚步，能够感觉到他坐在我的身边，用手心抚摩我额头的触觉。

凌晨，我醒过来，感觉到北京清晨干燥清凉的空气。那已不是炎热潮湿的南京。不是我与莲安那间狭小的公寓房间。也不是医院里的我的孤立无援。我看到沿见有着大落地玻璃窗的卧室，有逐渐明亮起来的微光，从窗帘间倾泻而入。一切依旧清楚分明。

我心里落寞难过。沿见却没有任何言语，脱去衣服，便与我做爱。剧烈沉默，甚至粗暴。仿佛这是他一早已经想好的事情。他的用力，似乎是要把他的生命贯注到我的身体深处。我知道，他与我做爱，是为他自己需索安全。这突然而漫长的消失，对他来说并不公平。我感觉到从眼角落下来的无动于衷的眼泪，只有几滴。他摸到这眼泪，用力地抱住我，用力直至身体轻轻颤抖。

他说，对不起，良生。我在这么长久的时间里，觉得已经不能再相信自己。

我说，是我有自己必须要做的事情。沿见。我有我的决定。只是为了莲安。

她给你的慰藉真的远胜于我吗，良生。

那是不同的。

怎么样的不同。

不要再问，沿见。我与她都有各自的生活，你也曾说过，我与她不能彼此改变。我回来了。现在就在你的身边。不会再离开。

你会一直在吗。

会。

那过段时间我们结婚吧。

好。

7

我的生活恢复如昔。恢复得过于迅速，使我有时偶尔想起，觉得自己与莲安、恩和在南京的那一段过往，几近梦魇。莲安不与我联系，彻底失踪。这是她一贯的风格。再深重的情义，也只是以淡薄相对。

沿见依然按照他原有的步调工作。上班。下班。他的生活被现实稳稳当当地填满，没有时间留给自己思量。他只是开始对我变得有些许小心。我们交谈的时间很少。他只要我在，是他静好的未来的妻。所有的男子在爱着一个女人的时候，都只是头脑简单的动物。

我觉得似从未曾了解过他，不知道他每天在公司做些什么，内心又有怎样细微的欢喜与不满。我只知道这依旧是那个清晨醒来时会寻找我的手的男子，有着世间稀少的干净温情。他依旧珍贵。只是我觉得寂寞。

为了打发时间，我报名去上瑜伽课程。在有着明亮大镜子的练功房里，光着脚在木地板上打坐。一周三次。呼吸，呼，吸，呼，吸。试图从单纯简单的身体律动中去连接遗忘和记忆。我总是要做一些其他的事情，来试图让自己忘记一些事。

我的法国籍瑜伽老师爱茉莉说，我一直觉得人的苍老是从眼睛开始。眼睛老了，人也变老。但是良生，你是经历过很多事情的女子，却有一双童真的眼睛。仿佛你的身上从来都没有故事。你也不知晓其他人的事。

我与她在一起相处，彼此回应，不觉得浪费。她是三十四岁的巴黎女子，在印度住过五年。两年前来到北京。教课和旅行，就是全部的生活内容。有着安静的绿色眼睛的女子，喜欢穿蚕丝的刺绣宽脚裤和绣花鞋。

我们练完一个半小时的瑜伽，从工体出来，有时会相约一起去附近的使馆酒吧区，要半杯薄荷酒喝。酒吧里常有歌手驻唱，偶尔会听到有打扮艳俗的女歌手在那里唱，明月几时有，把酒问青天，不知天上宫阙，今夕是何年……声音细微婉转，幽深难测，动人心意。我坐在爱茉莉身边，闷头喝酒，心里却有怆然的温暖，慢慢汹涌，直至流深而静默。再多的事，从何说起，又如何说清。我只觉得自己日益静默，没有什么话可以对别人说。

那日周末，窄小酒吧里烟雾呛人眼，格外吵闹。我坐在吧台边的高脚凳上，突然听到莲安的声音。抬头却见是挂在墙壁上的小电视机，频道正换到娱乐台，在转播她的新闻发布会。她再次复出，新的经纪人是柏大卫。四十六岁的台湾男子，花花公子，业内极有头脑手段的金牌经纪人。他替她付了赎金给 Maya，摆平旧案。接手代理她的摄影、唱片、电影。安排给她的第一份工作，是为英国一本著名的非主流杂志拍了一组时装图片。并开始筹备新唱片。

那组图片帮她获得业内一个注重风格和个性的摄影大奖。选的女模特，锦衣夜行，削瘦，素脸，裸身穿盛装，游走在伦敦古老阴暗的街道上。气氛诡异，手法却简单利落，是莲安固有的粗糙和不经意，但有重击人心的性感。莲安走上商业摄影路线，天分依旧显露无遗。她的翻身仗打得无懈可击。

在电视上，莲安说话简洁，很快消失。想来她依然不太习惯采访，神情似逃课的女孩子，有几分桀骜和生疏。她又变得很瘦。甚至比生孩子之前更瘦。穿着大朵罂粟花薄缎露背裙，黑色镶水钻细高跟凉鞋，漆黑长发，戴一对祖母绿耳环。脸上有胭脂，唇亦湿润。她这样艳不可当，却总不觉得矫作。这是其他小明星与她无可比拟的一点。她不是漂亮的女子，且平时多露着自我。但一到合适地点合适时候，这自我便会闪光。她便是有着熠熠光芒的明星。

这也绝对不再是在火车站里，拖着泥污的绣花拖鞋，在雨水中走路的落魄女子。

我仰起脸，和身边人一起，看着电视，不动声色。人音嘈杂，我不能听得太清楚。但我看到她对着记者的话筒，在谈到自己的生活近况时说，我隐退一年，去英国读摄影理论。闲来只是背着包坐火车到处旅行，用数码相机拍一些记忆快照。我觉得人在适当的时候，就做适当的事情。我不勉强自己……

她显然是在说谎。落魄的尹莲安，在那一年是被人控告，被身边的男人卷走了钱，被所有的人离弃，独自挺着大肚子，隐姓埋名，流落在炎热的南京，住在破烂小公寓里，没有任何朋友探望，抑郁，抽烟酗酒，在医院剖腹早产，生下一个没有父亲迎接的女婴。

这盛名下的真相，不会有人得知。即使她在对整个世界说谎，我还是懂得她。并会为她一生守口如瓶。

对外人，她坚韧聪慧并且自卫，从不暴露自己的创伤和脆弱。从不给别人机会来明了她的意志。这么多喜欢她的人，买她的摄影画册，买她的唱片，只是需索她所制造给他们的幻象，可以赞誉可以唾骂，喧嚣包围。而这个人，是与他们没有关系的。这就是相忘于江湖的广漠无边，并没有一丝丝暖意。

她所得的，只是恩和，她的女儿。以及你，良生。她说。她把她的窘迫颠沛，孤苦无告坦白给我，并要我替她担当。是这样浩荡厚重的一种交付。她的落寞及对世间的不信，她的痛不欲生，她的落魄流离，她的沉堕，她的用力，她为自己的选择付出的代价，她巨大的失望。她宁可对世间违背真相，也不愿意说明她的意志。执拗如此。

良生，我回上海，挣钱养活囡囡。你回北京，与沿见和好。她也许在火车站接我的一刻，就已做出了她的选择。而我一开始就已知道，这是她唯一能做的选择。我懂得她。只是怕她站得太高，她会寂寞，觉得寒冷，曲终人散之后，又不知会有谁等在那里轻轻拥抱她。

我再次看一眼电视上那张熟悉的脸，喝完杯子里余下的酒。穿越嘈杂人群。离开酒吧。

8

到达戴高乐机场，是凌晨五点。夜色还未褪尽，有大雨。持续的高温退去。雨水淅沥有声。车子开在由机场通往市区的高速公路上，粗大的雨点撞击在敞篷玻璃上发出直接有力的声音。零落灯光在雨雾中闪烁出光亮。

公共汽车站已经有早起的人在等候，孤单地坐在遮雨篷下的椅子上，脚边路面上，发亮的水沟漂浮着大片的梧桐叶。一些陈旧庞大的建筑轮廓在黑暗中飞快地掠过。亮着灯光的店铺门边，神情寥落的年轻男子站在门框边上，看着大雨。

凌晨中将醒未醒的湿润的城市。在离中国九千六百多公里的地球的另一边。在一个陌生的欧洲城市里。我抱着恩和坐在爱茉莉的车里。恩和已经睡过去。我把脸埋在她的脖子里，吸吮她的气息。她酣睡中的样子，恍若有光自天堂的缝隙渗漏。还未曾识别爱，所以她不知留恋和贪婪。只是无情。

所有的不舍都是因爱欲而生。若我们放下，就能寂静。

9

十二月，圣诞节即将到来。我接到她的电话。她又来找寻我。这是我自离开南京一年多之后，再次得到她的音信。

良生，我刚下飞机。我去天津，在火车站。你来寻我。与我一道去大连。我们坐船去。我已好久没有坐过船。她在火车站给我打电话。背景的声音嘈杂，她说话的样子，却轻佻如约我去看一场电影。我觉得一切又在重演，心里有阴暗的预感。

此间，我仍旧能在媒体上不断得到她的消息。她比在与Maya合作的时候发展得更迅猛。柏毕竟是男人，更懂得如何竭尽地扶持一个女人，发展她的天分。唱片与摄影集大卖，又拍电影。常获得各种不同的奖项。时与柏闹出绯闻，被人拍下在餐厅门口与柏争吵，打他耳光的照片。再出来公开辟谣，说她与柏之间并无纠葛，是非常好的合作关系。热热闹闹，孰是孰非，倒是成功地占据了大部分的娱乐版面。

只是没有任何恩和的消息。柏在替她极力隐瞒这一点线索，滴水不漏。我只觉得她现在被柏摆布，显得更加紧张与缺乏安全感，所以频繁曝光。

那日我刚刚从医院做检查出来。我已经怀孕。若告知了沿见，我们势必在最近尽快登记。而这也是沿见一直筹备中的事情。但是接到莲安的电话，我却是要去见她。把检查报告塞进口袋里，我便穿了大衣，直奔火车站而去。

她站在火车站进口的大门角落边上，在风中瑟瑟地对我微笑。裹着一条大围巾，似刚刚从后台跑出来。带着鲜亮的狼狈，却与周围穿梭的人群、刺眼灯光以及嘈杂混乱声响极其融合。一切在出发或告别的地方，都适合她的出现。似乎这才是她真正的所在地。她自由自在并且按着她的意志。在任何一个地方出发，去往所想抵达的地方。

她见到我，一如以前那样，穿越人群，走过来紧紧拥抱我，说，良生，你来了。真好。

我说，莲安，我已经答应沿见，要与他在一起。并且我已经怀孕。我们即将结婚。

我知道。她看着我，微微有些难堪地微笑，我知道我不应该对你再有要求。但是你真的不再愿意跟我走了吗。良生。

她走近我，伸出手来轻轻抚摩我的脸。我掉泪。她就像鲜明的镜子逼近我，突然让我看清楚自己的脸。是这样浓烈的感情，要与她互相纠缠下去的欲望与无助，对人与事的贪婪不甘，难以舍弃。我仍旧只是一个落寞的人。记得一些事，忘记一些事，始终没有释怀。我的灵魂，之于沿见，是偶然停栖在他肩头上的一只蝴蝶，翅膀轻轻振动，便欲飞走。而他从来未曾感知。

10

我跟着莲安坐上开往天津的火车。等我们在塘沽港口登上客船，已是深夜时分。莲安在我的身边，我觉得快乐。我们如有默契般自动丢弃了一些时间，只停留在稻城的初见，她牵着我的手，在大船的走廊里穿梭。她笑，脚步轻盈。我知道我在随她一起出发。

那是十二月。冬天。我们已很久没有坐过船。船里那种混杂着行李、垃圾、衣服、皮肤、头发、灰尘气味的气息，辛辣厚实。世间万象的气味，扎扎实实的生活。一切是那么热闹的声色。人们在大海中颠簸，从此地到彼处，静默中隐藏着生命真相的艰辛。

　　莲安终于觉得有些困倦。她躺在窄小的铺位上。蜷缩起身体，把脸枕在我的腿上。我用毯子盖住她。她闭上眼睛，很快如孩子般入睡。窗外的港口缓缓往后移动。船只出发。深夜时她醒来，直起身，点了一根烟。

　　我说，囡囡呢？为什么你不带她在身边。

　　我暂时托付一个阿姨照顾她。我需要挣钱养家，并不是时常在她身边。良生，我知道你会对我说钱不是主要问题。而我也一直希望她能得到爱。但我有时却不知该如何给。原来我也只是一个懵懂而无能的母亲。

　　她又说，良生，其实生下囡囡以后，我有过后悔。我已经知道生命里诸多煎熬苦痛，却仍然一意孤行，生她下来。我仍旧是自私。

　　我说，她会有她自己看待生命的方式，未必与你相同。

　　我希望她能代替我，重新活一遍。

　　你这样自己走出来，柏会如何？

　　他能如何？他靠我赚钱，即使是机器，也要加点油小心维护，才能用得长久。他很聪明，知道我这架机器比起其他机器来，如果保养和使用得当，所得会更多。

你有想过离开娱乐圈吗。

她回过头来看着我，你有想过不再写作的生活吗。良生。我们的生命里是有指令的。不能选择去做什么或不做什么。里面有太多沉堕或不可自拔，难以回头。这是一条不归路。

她转过头，看着窗外轻笑。我们一直在做着一件重复而不会有结果的事情，像推石头上山的西西弗斯，知道它注定要滚落下来，还是拼尽力气推它上山。被注定的惩罚。因为我们活着，并且只能继续活下去。只是良生，有时我会失去耐心。

她裹上毯子，拉住我的手，走，我们去船头看看。深夜的海风剧烈而寒冷。在黑暗中走上倾斜的船头，满天的繁星低垂，闪烁。明亮而寒冷的星宿轨迹。一架飞机发出灯光，正缓慢地划过夜空。冷风猛烈，让人几近无法呼吸。

她坐在甲板边的搁沿中，仰面躺下来，长发在风中晃动。看起来愉快而丝毫不觉得冷。

她说，还记得以前是什么时候坐船吗。

记得。父亲带我坐船去上海，也是晚上出发，睡一晚，凌晨抵达。他早上唤醒我去看日出，船头挤满人，风大寒冷，他用大衣裹住我，把我举起来越过别人的肩头。从海面上跃现出来的太阳，刺眼，但是静谧。他想带我认识这个世间。我还年幼，觉得一切景象仿佛是一扇门，推开去另有天地。身边来回走动的起伏的陌生人，这些气味，海浪的声音，还有半夜醒过来时，船在风浪中的颠簸。那时我不懂得困倦。深夜时还睁着眼睛听风在海面上呼啸而过的声音。

她听我说完，眼神安静。抬起头，说，你看到了吗。那些星，闪烁着光亮，看起来很近，但有人说大部分的恒星距离我们有几百万光年。即使是距离最近的那颗星，也有约四光年。也就是说它的光，要花四年才能抵达地球。当那些光亮抵达的时候，已经成为它们的回忆。

我们要记得。记得一些事。记得生命的一些事情。良生。

在大连我们并没有停留太长时间，坐上长途车往山东走。莲安没有目的地，只是像去四川云南那样，走在路上，不停下来。车在半途一个小镇加油，她突然说累了，想睡一会儿。我们就在附近找到一个农家自设的旅馆，租下房间。

小镇群山围绕，田野荒芜。房间里没有热水，陈旧肮脏。夜幕降临，一种深邃的寂静笼罩天地。我们吃完简单的晚饭，走到露台上，看着黑沉沉的山影，呼吸新鲜空气。莲安的话语，在这次旅途中很多。她点了一根烟，说，良生，我告诉你一件事情，柏也许被我害死了。

我不言语，看着她。她抽一口烟，微微笑着，兀自说下去，他心脏病发，我没有救他。我想他应该已死。他其实已打算与我解除合约，我对他时有违抗。我不爱他，连他摸我的手都觉得恶心。

他那日对我说，人性本就是恶，这世界上没有善良的人，包括你和我。你知道吗，良生。这个圈子里尔虞我诈只是平常，看久之后，觉得没有任何人可以信任，感觉世间失去某种真实。Maya与卓原这样对待我，使我在其中如脱胎换骨般地揉搓。这样波折，我还是觉得自己内心有坚持。我仍在爱着。爱着我所相信的。

那个晚上我对说出那些话来的他极其嫌恶，觉得他一直在打破我内心某种脆弱的希望。像一簇小火苗，在心里微弱地燃烧着，他要吹一口恶风彻底熄灭。我用烈酒灌他，再用语言刺激他，明知他有心脏病，弃他于不顾。现在我开始有悔意。我并不是存心要害他。你该知道我。

良生，世间诸多美好，总是让我内心感动，起伏不定，沧桑人事，就算如风浪席卷，一样可以不忧不惧。只是这失望，总是无可回避。我是一个贪恋不甘的人。爱使我们有太多期许，希望长久，希望胶着，希望不会分别，希望占有和实现。她低声笑起来。但最终我只是觉得厌倦。不知该往哪里去。

11

整个晚上，在她对我吐露真相之后，我开始惊忧。一直担心有人来敲门，一路跟踪到此。然后带莲安回去。这是很有可能的事情。她对待世间的方式，一如既往的暴戾与天真，不遵从秩序或规则。我仍是无助的，不知该如何守护她。

她躺在床上很快入睡，姿态沉静。我一整夜看着窗外的天，看它一点一点地亮起来。窗外下起小雪，小朵雪花干燥洁净，轻轻敲击在窗玻璃上。在这个不知名的村镇里，我感觉时光倒流，心里回复童年之时面对天地世间的那种清净。我抱住莲安，格外分明地听到时间的流动，唰唰有声。我们的贪恋得不到任何救赎。

凌晨时雪变大。莲安醒过来，看起来精神很好。她在这一路，有许多感怀但情绪都稳定。

她说，我做梦了。良生。

梦见什么？

梦见我十五岁时第一次坐火车出远门，从家乡到北京，投奔尹一辰。火车半途停靠，深夜时，我看到灯光昏暗的车站，闪过几个人影，铁轨在黑暗中延伸很远。我用额头抵着窗玻璃看着这一切，对那个不知名的地方留下印象。我突然觉得自己回到了那个地方。它在地图上的哪处并不重要。这种怅惘和确定，仿佛顷刻一声锣鼓歇，不知何处是家乡。

又梦见母亲。她仍在监狱会见室栅栏后面，长发很黑，脸上有些油腻，看着我，问我要一根烟。那是我见她的最后一面。她靠近我，说，过来，让我抚摩一下你。当时我觉得很害怕，不愿让她碰。在梦里面，却觉得她的手很暖，想与她紧紧依靠。梦中忘了她已死去那么久。

最近只要一睡过去，会不断梦到一些过去的事情。所有的细节历历在目。记得那么深。

那都是一些你愿意记得的事情。也许你从中得到抚慰。

她回过头来看我，良生，人说大恩不谢。我总觉得不应该对你说谢谢，即使你对我付出再多，也是理所当然。为什么我会这样觉得呢？我想问你，你依旧愿意继续跟着我走吗。

我说，愿意。只要你出现，随时随地。

她笑起来，起身走开，说，我们去厨房喝点热粥，继续赶路。

我洗完脸，到楼下厨房。老板娘在灶台蒸馒头，窄小的房间热气腾腾，看到我下来，先给我盛一碗热米粥。外面茫茫大雪，已看不到路面。老板娘搭腔说，雪这么大，不会有车了，你们两个要再住上几日。我说，还要赶多久的路才可以到海边？她说，还早。你们还得换上三四天的车。

我坐在斑驳的木桌子旁边等。米粥热气扑在我的眼睛上。一阵强大的悲哀涌上胸腔，为这些日日夜夜与莲安的倾心相伴，还是这段为幻觉所驱使的目的不明的旅途。我跟随着她的一意孤行。而回去之后，她、恩和，以及我，我们的生活又该如何延续。我被这股突然席卷上来的悲哀击中，眼泪在眼眶中涌动。

莲安依旧没有过来。我说，我的同伴她来过厨房吗？

来过。她说去后面院子看看。

走出厨房，漫天漫地的大雪哗啦啦，像棉被一样覆盖，包裹住我的头和眼睛。踩着厚而松软的雪，我往前走，前面是一间院子里的储藏草棚。我眼眶中的泪水，突然热热地流下来。听到莲安的歌声，婉转恻然，倏忽隐没不见。像她坐在某个昏暗肮脏的酒吧角落里，对着一束小小的光线开始低吟浅唱。

她是与世隔绝的人。繁华浮世，不沉浸其中，走在岸上看花开花落，只愿做个过客。

我唤她，莲安，莲安，声音却极其细小，似难以发出声来。雪花顺着门缝往里面飞旋，一片沉寂。只有雪花的声音。这寂静在天地之间显得太过威严，似乎一切所知所闻都只是假象。是不真实的。

我推开那门，一脚踩进去，看到一地殷红的血。

12

在巴黎，我与恩和度过一个月。果然如爱茉莉所言那般，我每天用推车推着恩和去街边一家临着一家的咖啡店晒太阳，平静单纯的日日夜夜。在桌子上给旅行杂志写游记，出来还不忘记工作。我是养家糊口的单身母亲。恩和自己在旁边看人，看经过的大狗，看在地上跳来跳去寻觅碎面包屑的鸽子。

夜晚的塞纳河边，的确有起舞的人群，跟着在旁边伴奏的音乐，男子拍掌，女子的裙边轻轻在夜色中飞起来。买一支树莓冰激凌给恩和，我抱着她坐在高高的河堤岩石上，看着月光下河面的波光粼粼，心里只觉得静好。

经过巴黎圣母院前面的广场，长发黑眼睛的吉普赛女子，独自坐在地上抽烟。我推着恩和走过，她便大声地在我背后叫，哈罗哈罗，你将会有一个好男人，幸运的女人。我只是微笑走过。普通的恋爱恐怕已经不能满足我。我经历过的那些人与事，使我对爱有重新的定义。我要恒久忍耐的爱。要有恩慈，并且不停息。这样的爱，我先给。若有人给我，我便要。但绝对不会是世间任何一个人都可以给得起。

沿见从北京飞到上海，帮我一起料理莲安的后事，清理遗物。她的银行保管箱里空无一物，无遗亦无欠。在上海买过一栋房产，恩和尚年幼，我便联络兰初，让他到上海过继了这房产。兰初与莲安因是异父，长得并不相像，且自成年之后再未曾见过莲安，所以几乎形同陌路。来时带着他的妻子，面无表情，办完手续签了字，便买了当天下午的车票，要赶回家去。

我对他说，兰初，我知道你与莲安素来疏离，但她既已过世，请携她的骨灰回乡。他略一迟疑，答应带骨灰盒回去。莲安尚有一些遗物。我只留下她的相机，以及一些照片。我似觉得已经把莲安安顿好，心里略感欣慰，但又突然想起，莲安是否真的愿意回到她的故乡。她一直甘愿在外面流离失所，却从未想回到生她养她的故土，是因为记忆和感情太多，难以盛载，还是心有惊动，始终不愿意近它的身。莲安的感情，看起来总是矛盾而无从捉摸。

此刻，媒体上的炒作喧嚣也已经铺天盖地。所有的娱乐版到处都有头条，粗黑字体打着，金牌经纪人暴毙寓所，当红女艺人潜逃自尽。或者是情债钱债，孰是孰非……用尽千般恶毒奇异的伎俩。电视电台轮番播放莲安生前的 MV。连地铁站都铺满她的盗版 CD。商人亦暴赚。

世间一切荒唐热闹的戏，都已与莲安无关。即便她曾经处于繁华之中，这相忘于江湖的落寞无边，亦无人真正懂得她，并因懂得获得宽悯。这渺渺喧嚣人间，对她并无感情。除了身边的几个人。我们一生所得的感情，不过是身边的一个人或者两个或者三个。绝不会再多。

我和沿见几天下来一直都是忙碌，回到酒店房间，我便会因为疲累速速睡去，一直未有交谈。沿见只是帮着我做事，异常沉默。兰初离开之后，我便又在房间里沉睡了整个下午。我知道应该是妊娠反应，如此嗜睡容易感觉疲倦。的确，腹中的孩子应已经快两个月，反应日益明显。我消瘦，反胃，吃不下东西。只是匆促跟随莲安出行，沿见始终还未曾得知。

醒过来，房间里一片昏暗。窗外是城市的霓虹天光声色。我与沿见，脸脸相对，却无可言说。然后他流下眼泪。他说，良生，我们分手吧。

我说，为什么。

你离去的日日夜夜，我反复思量。我能够确定自己对你的感情，但我现在也已能确定，我自是不能让你甘愿，良生。也许是我们彼此想要的东西不同。也许我知道你要的是什么，但是却不能给你。

我不愿意伤害到自己，良生，你可以认为我脆弱而又自私。我已打算与素行结婚，移民美国。她等我多年，我并无冒险心，只想要安稳的下半生。我们打算下个月就动身。请原谅我，良生。

请原谅我，良生。我下意识地把手放在肚子上面。此刻若请求他，还是来得及。这个在咖啡店里用旧的羽毛球盒子装了一束鸢尾给我的男人，我知道他的珍贵。我们曾经彼此渴求，曾经在一起生活。

但是，一定是时间和地点不对。我已决定要把恩和从寄养的保姆家里带回来抚养。我不能拖累他。我的生活，已超乎他的心理承担之外。也许连我自己都未曾清楚，莲安带给我的映照，让我看到自己的心，那一定是与沿见理想蓝图中的妻子不同的心。自有它的决定。

我与他的爱是不一样的。两个隔岸相望的人，就此放手也好。

我说，沿见，你无须我的原谅。你给过我那么多，我很知足。

我的确知足。他给予我的，不是一天一日，而是两年来的日日夜夜。在他的寓所里让我栖留，给我食物，给我安定，给我照顾。我会记得他的好。自小我是心存惶恐的人，别人对我一分好，恨不得还他十分的情。我竭尽全力，只是知道这世间人情冷漠，一分分的暖意恩情都内心珍惜。

他去意已决，并不是对我的感情里没有爱。而是这爱不会是绝对，依旧会有计较与揣摩。但这是很正常的事情。他是真的曾经深爱过我。只是这种爱抵不过对他自己的爱。所以他便决定收回这爱。

任沿见一直都是这样理性，清醒因而有些残酷的男人。一早我便明白。即使他善待于我，他最爱的永远都会是自己。其次才是别人。

13

自莲安去世，我心里一直是钝重、空阔而寂灭。却从未曾感觉到痛或流下一滴眼泪。

莲安在手腕上用刀片狠切七刀，伤口深重。又吞服安眠药，死时满地鲜血。我记得自己把她抱出来，身上，雪地上都是血。那一瞬间，只觉得雪太素白，天地太寂静。我竟是盲的，失聪的，无可寻求的。甚至无法发出声音。而我知道，这已经是世间的真相。我再次被逼近真相。

手术后我便去莲安托付的阿姨处接回恩和。恩和刚满一岁，被阿姨照管，并不尽心，脸上有跌损的瘀青，指甲也未剪，好几日未洗澡，浑身尿臊味道。我抱过她，她把小脸往我脖子上蹭磨，露出甜美笑容。我抱紧这个身份不明已无双亲的幼儿，她温暖蠕动的弱小身体，心里无限酸楚。

在飞机上，身边的旅客都过来逗弄她，夸她长得漂亮。恩和的脸尚未有稳定的成形，但眼睛却是亮闪闪，与莲安一样暴戾天真。

她又好动，总在不停地看，不停地摸，启动她全身纯粹的感官来接受这个世间。累了，就躺在我的怀里酣睡。她像是某种小小的兽类，自给自足地活动在一处浓密幽深的森林里。

比我先走的沿见，一如往常地来机场接我。因为要移民，他已把寓所卖掉。我需要搬出，他便帮我提前租了一处单身寓所。并坚持替我付了一年的租金。我是不愿，但知道他的心意，便觉得自己也应留些余地，让他更坦然安心。于是便答应。

他在机场见到我抱着恩和出来，神色震惊。我说，是莲安的孩子。我一直没有告诉你，去年去南京，是为了照顾莲安生孩子。她那时状况窘迫，需要有人在。

他完全说不出话来。把孩子接过去抱，看着她的小脸，神情复杂。恩和喜欢他，扑在他的肩上，把他的脖子当成食物，一心一意地啃。这个孩子玲珑剔透，长大之后一定是比莲安更为飞扬的个性。

我说，她的大名叫苏恩和。小名是囡囡。
为什么你不早点告诉我。
我与莲安都喜欢保留一些秘密。不愿意轻易告知别人。

他无言。先开车带我们去吃饭。我知道，这是我们之间最后一次吃饭团聚。他已与素行结婚，只是做了登记，仪式简单，还未按照风俗摆酒席。但一枚圆圈形的白金戒指已戴在无名指上。素行耐心等他数年，终于得来结果，未尝不是一件好事。任沿见本是世间稀少的珍贵男子，温和理性，上进，落落大方。我大意失落了他，但心里并无悔改。我们之间是两不相欠的。

吃完饭，他送我与恩和去新租的公寓。小小的一室一厅，但整洁干净。把行李安顿好。我进厨房给他做热咖啡。他说他与素行的机票已经买好，后天就走。先过去联络一些关系。

他说，我想留些钱给你，良生。

不必了，沿见。我自会给杂志社写稿做采访，撰稿谋生。稿费所得，可以抚养恩和。

若生活有任何问题，请写信或打电话，让我知道。

他写下美国寓所的地址和电话给我。像以前他在酒吧里，把他的名片给我，靠近我。我还记得他那时的样子。穿着布衬衣，手腕上是朴素大方的军旗手表，脸上有褐色圆痣。这样干净的男子。但我知道这个电话我不会打。

我送他到楼下，看着他上车发动。怀里的恩和嘴巴里发出吱吱呜呜的声音，伸出手，似欲抓住他，盲目地挥动。我站在一边静静看着他。他突然心痛难忍，又下车来紧紧抱住我与恩和，流下眼泪。我说，沿见，我们是有过孩子的。我只是想让你得知，有过这样一件事。但我在上海已做了手术，你不必顾虑。

我又说，你既已做出了选择，就要善待素行。他点点头，上了车离开。

我抱着恩和，慢慢从楼梯往上走。我的心突然一阵惶然。想着北京此后不再会有沿见，以及我们共同居住过两年的那套房子。那卧室里的微光我仍旧记得，大把的紫色草花插在水桶里在阳台上放了半个月才凋谢。他孩童一样深沉天真的睡态。他这样安静，下班回家之后，总是独自在那里看文件，有时玩一会儿电脑游戏。给他递一杯热咖啡便有无限满足。

这世间男人，多得走在街上伸手就可触及。随时可得相拥相抱，度过漫漫长夜。但那个清晨醒来握住手便觉是幸福的人，又会有几个。

在拐角处我停顿下来，恩和在我的怀里熟睡，睡相可爱，让人怜惜。幸好，我还留得她。带给无限安慰。我靠在扶手上，点了一根烟。就这样我看到她。

她穿着桑蚕丝长裙、高跟鞋，站在楼梯上端等候我。我轻声对她说，我们总是需要说再会。人与人之间，到了彼此离散的时候，一点办法都没有。她的手指夹着一根烟，靠在墙上笑。说，那又如何。有些人总是会一直停留在心里。只要你记得。

我说，我这样想念你。我摁熄烟头，抱着恩和返身上楼。

盈　年

1

遇见宋盈年，在从巴黎回北京的深夜航班上。夜机令人疲惫。半夜恩和饿哭，客舱里的旅客都在睡觉，她的声音显得格外突兀。我心里慌乱，一边低声哄她一边从包里找奶瓶。旁边一直在灯下阅读书籍的男子放下书，凑身过来说，我抱着她，你喂她吃东西。

恩和被他接过去，立刻止住了哭。伸出白胖小手抚摩他的眉毛。他用脸贴她的小手，耐心与孩童对话，微微笑着，语气温柔。我看到他的眉，那男子生一对极其清秀而浓黑的眉。又看他的脸。五官普通，却平和洁净。

宋盈年三十三岁，建筑工程师，来巴黎开会。他受过长年的教育与训练，有这个行业所需要具备的特质，耐心、缜密、思虑周全。有时他负责一项大工程需要好几年。他不是急迫的人。事实上，他善于等待。

航行时间漫长，我们慢慢有交谈。他随身带着水果，苹果，凤梨和橙，洗净削皮后，切成一块一块，整齐地放在保鲜盒子里。他拿出来弄得碎软，慢慢喂给恩和吃。我说，谢谢你。他说，独自带着幼儿出来旅行，颇多麻烦，最好有人同行，互相有个照顾。他说这些话，神情自然，没有丝毫要探询隐私的好奇。我直接地对他说，恩和是我朋友的孩子。现在由我抚养。

他说，哦。神色淡然，不再询问下去。

他的性格，看起来宽阔厚道，却也是一种巨大的无情。想来是因着这个原因，他与沿见不同。沿见的感情有既定的秩序与规则，总是试图让我顺服。而盈年，从最起初，便对我无期许，自然也无失望。他是觉得我只要在那里，就是好的。

后来他常常过来看望我与恩和。他真是喜欢孩子的男人。恩和与他亲近，也许因为自出生之后，一直未曾受到过男性的爱抚。她见到他，就觉得高兴，愿意与他玩耍。盈年抱她，逗她，把她举起来抛上抛下，或让她坐在他的脖子上，使她咯咯地笑。他们在一起有无限欢喜。

他又带我与恩和去公园，看湖，划船，野餐，晒太阳。有时带我们去有特色的高级餐厅吃饭，一起看电影。有时他来我的家里，帮我做饭，做一些打扫。他大多数时候一心只有工作，思维简洁直接，做事沉稳。内心却是个单纯的人。

大约一个月之后，他邀我陪他去看房子。说之前为了工作方便，一直住在市区中心的高层公寓，但地段喧嚣，周围也无均衡绿化。他想买栋有花园有露台的房子。

这样的房子通常在郊外。他开车带着我与恩和前往。小独栋设计大方干净，美式风格。一共三层。前后有广阔庭院，铺着翠绿草坪，种了一棵大樱花树。他抱着恩和，带着我，一个房间一个房间看下来。一楼是客厅，落地玻璃窗洒进明亮的阳光，窗外树枝摇晃。恩和被放下来之后，开始在光亮的木地板上爬来爬去。她非常高兴。

他说，这么大的花园，可以种些什么？

很多植物和农作物都可以种。西红柿、南瓜、茄子、刀豆、玫瑰花、波斯菊、竹子、葡萄藤、樱桃树……还可以养数只流浪猫。

他说，这样要做菜直接可以从自家花园里去摘。很好。就是不太懂。

买书来看看。休假日料理一下，应该也足够。

装修呢?

可以很简单,白墙木地板,厨房和卫生间做得好一些,用品要精良。买一些喜欢的家具和装饰物。家里要有自己喜欢的东西在,才会愉悦。喜欢的东西,靠平时随时随地收集。

他说,是,是,说得非常对。我可以把你与恩和放在哪里呢?是楼上阁楼,还是储藏室里?

至今我不清楚盈年为何会接受一个独自带着孩子的女子。我又时常沉默,并不与他说什么话。他也是常常无话可说的人,对事物不落爱憎。即使对恩和,也是一种本能的爱护与娇宠,并无偏心。后来我们领养数只流浪猫,他一样极具耐心。每日下班回来,再疲累也精心为它们调食,带着恩和与它们一起玩。他对他身边的世间,有一种客观的视角。不剧烈,也不稀薄。

他每天早出晚归,上班,加班,工作尽心尽力。不太和朋友交往,更喜欢与自己相处。休息日便在花园里整理花枝,割草,浇水,带着恩和与小狗小猫们不亦乐乎。爱读佛经,一本《楞严经》,翻到烂熟。

我们决定在一起,也算是迅疾。但我相信人与人之间的缘分,在最起初的几分钟里就可做判断。他有独立完整的心灵世界,不需要人进入和打探。我不了解他的过往,不知道他的感情历程。他对我的过去，绝口不问，从不显露任何好奇。我们都是喜欢活在当下的人。

2

恩和四岁，我收到沿见的消息。他从美国回来，在北京，要与我见面，并要求我带上恩和。我犹豫了两天，没有告诉盈年。但还是决定去见他。

他住在凯宾斯基。我们在酒店大堂里碰面。他独自一人，穿着质地上乘的衬衣、西装，打扮工整。比以前更为英俊沉着。略微有些显胖，想来生活富足安定。相形之下，我依旧是他以前所时常抱有微辞的邋遢随意。穿着白衬衣、粗布裤，扎一个发髻。脸上没有妆。手上因为时常做家务，显得粗糙。

恩和却像一棵树一样，活泼泼地成长。她穿着红色毛衣和灯芯绒背带裤，冰雪肌肤，一头黑发，剪着齐眉刘海，越发衬得黑眼睛水光潋滟。他看牢恩和，眼睛再未移动。说，良生，你把恩和照顾得很好。

我说，我只是把自己所能有的，都给了她。
你一定很辛苦。

我笑笑，说，还可以吧。倒也不觉得。

他停顿下来，摸出一盒烟。他从来不抽烟，但把烟盒递给我，让我拿一支。我拿了。他沉默良久，抬起头对我说，良生，我要带恩和走。他单刀直入。

为什么？

我想我也许是她的父亲。这几年来我反复思量，心里难安，我已对素行坦白过这件事情，她表示接受，让我来接恩和走。

你是她的父亲，你确定吗？

我不能太确定，但有这可能。我们可以去做一下鉴定。他艰难地坐在我的对面，说起这件事情，神情黯然。你知道的，良生，那次莲安来北京。我看到她，看到镜子里的另一个你，我告诉过自己，这种爱并不是罪过。我甚至觉得自己可以爱你们两个。但是我们无法做出选择。

她先对你表白吗。

在她邀我跳舞的时候，她说，她只想要一次机会。她不想伤害到你一丝半毫。

为什么你选择我而不是她？

你知道我的软弱……莲安的生命，我无法承担。

她的生命，剧烈凛冽，他无法承担。在临别的夜晚，在卡拉OK

包厢里，她被他拥抱在怀里，对他表白，沿见，我见到你的第一眼，才知道原来你在这里。他们一起走到大楼顶层的走廊尽头。她的头后仰在栏杆上，长发在风中飘动，看到满天灿烂的繁星。他根本就不能抵制这一瞬间的冲击。

她如此盛大，并且繁华。他爱她。这灼烈空洞的深渊，只能投身而入。

因为善良，他们在我面前，从不流露出丝毫记得。仿佛遗忘了一切的事。

一定是时地不对，我想。她不应该在那个时候那个地方和沿见相识。若她早些时候遇见他……就像我应该在三年之后才与沿见在一起。这样也许可以平淡到老。他会知道我的甘愿。

而沿见现在做出的选择，与他爱着的两个女子都没有关系。这一定是时地不对。

我现在才知道自己是一个多么侥幸的人。

只是心里酸楚，心疼恩和。不知道为何，她是在如此压力重重的感情里获得生命，且一生下来就有注定的缺失。而她这样的纯洁并且无辜。带着她剧烈的生命力，欢喜盲目。我站起来，把烟摁熄，抓住正在大堂里奔跑的恩和。她玩得尽兴，浑身热气腾腾香喷喷。我紧紧地抱住她，说，恩和，乖，跟着我，不要乱跑。

　　她走过去逗弄沿见。依旧是喜欢他，一会儿便自作主张爬上他的腿，仰着脸用手去摸他的额头。脸上笑得没心没肺。沿见看着她，眼泪几欲从眼眶里掉落。我看着他，心里冷静，说，沿见，抱歉我不能把恩和给你。她姓苏，她是我的。

　　她应该和真正与她有血缘关系的亲人在一起。

　　血缘关系就是亲人吗？我微笑。当她长大，她会记得，是谁在她幼小时病弱深夜送她去医院，是谁当她饿了渴了冷了热了细心观察她的感受并即时满足她的需要，是谁每夜临睡之前拥抱她亲吻她给她安全感，是谁不管走南走北，把她带在身边寸步不离。你能说我不是她的亲人吗？

　　不要忘记，良生。我是个律师。若我控告你，我可以得回恩和。

　　若你一定要这样做，我不会阻止。

　　良生。他突然极为苦恼，用手蒙住脸，声音彻底软弱下去。为什么会这样。良生。你爱莲安。我也爱她。你不能独自占有这个秘密。最起码你应让我知道她是如何生下恩和的。

3

在南京，因为落魄及艰辛，我与莲安过得并不顺利。莲安一整天憋闷在家，一旦抓狂，她就会用刀片在手腕、腿上划出深浅不一的伤口。不能服用镇静剂，不能控制自己。有时候恨不得杀死我一般地辱骂我。我白日筋疲力尽，晚上回来也不得休息。碰到莲安无法自控的发作，我只管让她骂去。独自上露台，由她尽情发泄。所有的人都离开了她。她可依傍的人，只留得我一个。她只能把她内心的怨怒也交给我。她极为孤独。

那年春节，我们两个人一起度过。外面焰火冲天，家家团圆的气氛浓烈欢喜。莲安因周期性抑郁症又开始起伏，为一点点小事与我怄气，并打碎桌上的碗盘，独自走进卧室摔上房门。我收拾地上的碎瓷片，把冰冷的饭菜倒进垃圾箱，一个人在黑暗寂静的客厅里坐下。听着外面烟火器叫，孩子的笑声，电视里热闹的晚会噪声，心里落寞无力。

坐了一会儿，我起身去房间里看莲安。推开门，却看到她伏在床沿上，喝了酒，晚上吃下去的食物全部呕了出来。

我说，你怎么能这样喝酒。这样会毁了孩子。

她大声吼叫，你给我滚出去。滚。

我非常疲倦，依然清扫地面。然后想稍微躺下来歇息一下。她拉住我不放。我因为几日没有休息好，她又时常出血，让我惊惶，心里产生暴躁。我说，莲安，请你控制一下情绪。我对你的感情，不能是你手里的工具。

她冷笑，你难道没有感觉满足吗。你对我施以同情怜悯，用来自我疗伤。难道你没有想满足自己吗？

我只觉得心脏底部的血像潮水一样冲到脸上。潮水把我冲垮，无法自制。我一言不发，用力掌掴她。一下，又一下。脑子里已一片混沌，什么思想都没有。停止之后，我觉得右手手掌滚烫而剧痛。转身走出家门。

走到街上，没有什么地方可去。冷风一吹，清醒过来。冬天的大街空旷清冷。我只知道自己需要留在莲安的身边。即使她再如何为难，我懂得她。并因这懂得，可以无限期无终止地原谅她。在大街独自缓缓地走了一大圈，我走进二十四小时营业的超市给莲安买了一罐加钙奶，一盒有机新鲜鸡蛋。回到家，莲安却不在，家里空落落毫无声息。我躺在沙发上等，实在疲倦，等着等着便睡着了。

在黑暗中突然醒过来的时候，我看到莲安就坐在对面。我扭亮灯，说，莲安，你去哪里了？

她神情平静，穿着大衣未脱。在灯光下我看到她的半边脸有瘀青。我不知道自己下手会这样重，吓了一跳。她说，我去火车站了。以为你要走。找遍候车大厅。

我走过去抓她的手。她的手冰冷，身上在轻轻哆嗦。我惊惶而内疚，把头埋在她的膝盖上浑身颤抖。我说，原谅我，莲安。我没有照顾好你。

她说，应该是我来请求你的原谅，良生。你本不需要过这样的生活。等我生下孩子，我们立刻分手。你回北京去。再牵累你，沿见大概会想杀了我。她笑，用手轻轻抚摩我的头发。良生，她说，等你回北京就嫁给沿见。我们的一生，可以碰到非常多的男人。但愿意与你同床共被一醒来便要牵住你的手的男人，又会有几个。

她说话的声音怪异，轻而细微，有气无力。就这样我看到她裤子上的血，一摊一摊地晕染开来。都是黏稠的浓血，还在不断地渗透。她靠在沙发上，分开双腿，用手捧着自己的肚子，脸色苍白如纸。

她说，良生。我们生活在各自的黑暗之中。我一早便知。可是我多么想靠近你。这样我便会温暖。

4

我在凌晨三点把莲安送进医院。她在预产期之前大出血，是非常危险的事情。医生说只能是采取手段早产。若运气好，孩子可能可以保住。她说，她的丈夫呢，进手术室之前得先签字。

我说，她不会有危险吧，医生？我只要她没有事情。我跟她絮絮叨叨，心里非常恐慌。她不耐烦，说，会不会有事我怎么能够预料，她丈夫到底来不来？我说，他出差去了。我来签。我来。我拿过那单子，都未看得仔细，便签下了我的名字。放下笔的时候，才发现手颤抖着竟停止不下来。

莲安被推进手术室大门的时候，神情冷静。她已决定剖腹生产。白被单盖住她的身体，她的身体突然变得很弱小，似乎随时会消失掉。头发散在枕头上，黑发衬得脸更加苍白。脸上的轮廓变回十五六岁的少女，清透分明。她的手因为阵痛挣扎而颤抖，抓住我的手说，良生，如果知道会这样痛，真不想生孩子。

我强作微笑安慰她，不要孩子气，莲安。我们煎熬了那么久，只是为了今天。

　　她说，是的。她轻轻叹息。孩子要来了，我却感觉害怕。良生，帮我去买豆沙圆子。那种甜的热的糯糯的小圆子，我好想吃。
　　我说，这就去。莲安，留着点力气，把孩子好好生下来。
　　她说，我爱你，良生。
　　我也爱你。你要相信我。我含着眼泪，低下头亲吻她的头发。她轻声说，我信，良生。我一直都信。她松开我的手，医生把车子推进手术室。那门即刻就被紧紧关上了。

　　我飞奔到街上，跑了一段路，找到一家二十四小时营业的豆浆店，买了豆沙圆子。又跑回到医院。身上都是汗。一夜没有休息，觉得疲累至极。走到手术室外面的墙角椅子边，坐下来，头一靠到墙壁上就觉得眼皮沉重。黑暗如期而至，把我包裹。我觉得自己要睡过去。

　　然后，我看到了他。

　　每年的节日，比如国庆、中秋、春节，对我来说都是内心惶惑的时候，知道自己必须小心控制。他已消失，我对他的记忆逐渐沉入暗中。像断裂的船，一点一点地折裂，沉入海底。寂静降临在内心深处。在这样的时候，却觉得他似乎仍旧存在。要与我团聚。我分明清晰听到他在耳边轻声叫唤。他的气息和热量，非常熟悉。他说，你回来了。我说，是。我回来了。

在梦里，我又见到他。他蒙着一块白布躺在水泥台子上。死亡使他的身体缩小，并且消瘦。似乎要回到婴儿时候的样子。我站在空无一人的太平间里，外面大雨滂沱。我抚摩白布覆盖之下那一具已经冰冷坚硬的肉体。一遍又一遍地抚摩。世间感情我贪恋不舍。失望，却又坚韧不甘愿。

他的脸还是四十岁左右时候的面容，头发大部分还是黑的。因为一直离开他的身边，所以我不知晓他的白发是如何一点一点地蔓延。在我年少的时候，我们违背彼此的意愿和感情。我伤害他，毫不怜悯。觉得他在这个世间就是注定要为我付出为我所践踏。他伤害我，毫不怜悯，觉得我是他用来对抗生命和时间的工具，他把他的失望，放置在我的精神之中。就像他把他的血液复制到我的肉身之中。他要我隶属于他。

如果我们依然能够拥有时间，如果他能回到我的身边。我们应该怎样去试图彼此理解，以及互相原谅，并尝试重新去爱呢？如何把爱慢慢修复完整，简单如初，相依而温暖。但是时间不再回到我与他的手里。它沦陷了，消失了。生命是不自由的。

我看到自己在火化间的小窗口边等待。他的骨灰盒被送出来。我伸手进去，把手指插进那热烫的白色颗粒里面。高温烈火炙烤失去了痛苦的肉体，留下来一堆骨骼混合物。这白色的粉末，纯洁而盲目，犹如我们的生。我用手掬起他的肉体，闻到他的气味。这是我们最终的彼此谅解的仪式。他获得了重生。

然后我突然惊醒，听到手术室的门被啪啪打开。

我说，沿见，我知道我爱她，你也爱她。但我们的爱是不同的。你的爱，经过选择，小心衡量，需要圆满。而我与莲安，爱对方就如同爱自己，如同相知，陷入缺失与阴影的泥污，不可分解。若有莲花盛开，那是来自我们共同的灵魂尸体。你无法了解。你不会明白我为何一次又一次跟着她走。

你的确没有说错。我在用对她的爱，一针一针缝补自己，试图填补内心的欠缺与阴影，以获得救赎。她也是如此。在我与她自旅途上相见的那一刻起，我们便把自己的过往、记忆，以及幻觉钉上了对方的十字架。从此不会再分开。

5

我抱着恩和回家已是深夜。盈年没有入睡，亮灯等我们回家。
我这才想起出去的时候心慌意乱，竟忘记告诉他自己去了哪里。我
觉得内心酸楚，放下恩和便独自走进卫生间，关上门。浑身忍不住
轻轻颤抖。他跟过来，在外面敲门。我说，没什么事情。我只是有
些累。他说，良生，开门。他坚持要我开门。

我开门，泪流满面，无法自控。他走过来拥抱我，我却不知可
对他说什么。故人带着过往逐渐沉落于暗中，时间覆盖了一切，我
不喜欢旧事重提。却只觉得盈年对我的陪伴与包容，是盛大的恩慈。
盛大到无法对他轻言感激。

盈年说，良生，初次相见，我觉得你是一个经历过很多事情的
女子。但是你看起来却似乎什么都没有发生，也不知晓其他人的事。
我的感情方式，很多女子恐无法接受，觉得它稀薄。但我知道你明白。

我说，是，我明白。

这是我们之间唯一一次深入感情的话题。也在那个晚上我有了
暖煦。本来我们已商议好，为了恩和，不再有孩子。但盈年想把孩
子生下来。他是欢喜的，一直都善待孩子、植物、小动物等一切生命。

我们有了第二个女儿。宋暖煦在十月出生，是阳光晴朗的秋天。

恩和开始上幼儿园。每天下午，我去幼儿园门口等她，接她回家。暖煦虽幼小，但看得出来性格与盈年相似，厚朴沉实，略显得钝，长大之后，也是那种大气而无情的个性，对很多事情不会计较也不会过问。而恩和的强烈与天真一如莲安，轮廓里逐渐有了沿见的痕迹。脸颊上有褐色圆形小痣，非常神奇。她是敏感的依赖感情的孩子。她喜欢与我说话。

良生。她说。她一直被纵容可以直接叫我的名字。之间关系如同成人。她说，今天老师说起你以前写过书。她家里有一本你以前的旧书。

是。我写过。

为什么你现在从来不写字。

大概有一些更重要的事情要做。

那你以后会给我看你的书吗。我要知道你的故事。

不，恩和，一个人写一本书，是为了记下所思所想，而不是说他自己的故事。记下来是为了不会忘记吗。

有时候也是为了遗忘。让我们得到内心的平静。

那什么样的事情该记下，什么样的事情该忘记。

比如说，今天你邻桌分给你一颗糖吃，你就要记得，并且明天给她吃两颗。若她抢走了你的一颗糖，你就要知道她为什么抢，如果她没有理由，你就要告诉老师，给她教训，如果她有理由，你就主动送给她。但总而言之，这件事情你要忘记。

有时候这对话会让我觉得艰难。但我仍旧希望恩和能够明白。我不愿意让她自己去摸索太多东西，在黑暗的隧道穿越时间过长，光更接近是一种幻觉。

盈年问我是否打算一直对恩和隐瞒。我说是。

我决定不让她知道太多历史。我是可以一件一件对她说清楚，从我的父亲，从阿卡，从云南四川一路说起，亦可以从临、尹一辰、卓原、Maya、柏大卫，一直说到沿见。但是说明又如何。这诸多辛酸苦楚，颠沛流离，人情冷暖以及世态炎凉，种种世间的人情与真相她自会有分晓。我不必勉强她去了解或试图懂得。这些事情，即使是成人，也未必见得人人都会明白。因为不懂，人世甚少宽悯。所以有些事情，无知也是恩慈。

自我说服沿见把她留给我之后，我不再让沿见来看望她。有些事情若被遗忘更好，就不应该让它有复苏的机会。我已让她随暖煦一起姓宋。她的父亲只有一个，那便是从小对她倍加疼爱的宋盈年。而不会是任何一个其他的人。而任沿见，那个给予她生命的男子，他在创造她的时候就已放弃了她，虽然他爱她。我不愿意让她明白这种残酷。

她在她的成长中，必须学会的第一件事情，只能是感恩。

6

有了两个孩子之后，生活变得越来越忙碌。从早上一直到晚上，围绕着盈年、恩和、暖煦、关心他们的食物、衣服和健康。日常生活无非是穿着粗布裤和棉恤，牵恩和的手，推着暖煦的推车，带她们去附近市场买蔬菜，大把鲜花。喂她们吃饭。带她们晒太阳，晚上讲故事哄她们睡觉。有时候也会穿正式的裙装外出，那是陪盈年去听音乐会或出席公司聚会。

我不再独自出去旅行，不看电视，不做美容健身，不打麻将。我没有一般家庭主妇的自我沉溺，甚少和外人交往。我不觉得人的心智成熟是越来越宽容涵盖，什么都可以接受。相反，我觉得那应是一个逐渐剔除的过程。知道自己最重要的东西是什么。知道不重要的东西是什么。而后，做一个纯简的人。

当我们一起生活五周年，他买了一枚钻戒给我。但没有询问我关于婚姻的事情。我们刚刚在一起，他曾经直接地提过，但被我回避。之后，他也就不再提。时间越久，越觉得婚姻不重要。这份契约是与相信无关的见证。唯一的麻烦，因我不是他正式的妻子，他常常为该如何介绍我而觉得头疼。

他又不愿撒谎。那时候他便有孩子般的尴尬神情。但我们之间仍然越来越好。

我们的生活，一直以来也是清简朴素。盈年在公司里有职位，但不买奢侈品，不讲究物质享受。工作再忙，休假日必定开车带着我和两个女儿，带上小狗，一起出去爬山野餐。

他送我的那枚钻石戒指，太过闪亮和昂贵，我舍不得戴。放在抽屉里收藏起来。一双手因长年做家务变得粗糙干燥，不再是以前的洁净细腻。盈年时常记得替我买一支护手霜，放在厨房的洗碗池边。若他回家有空闲，也必定帮我一起做家事。毕竟，这个四口之家，需要不断地付出经营来维持。所有的完满到了最后，好像都只是平淡甘愿，波澜不惊。看起来是庸碌的世间内容。

日子越来越静，越来越静，像水流到更深的海底去。我的话也越来越少。但这沉默里有无限富足，只是因为心安。又也许，是因为我记得和遗忘。

我还是偶尔会见到莲安。夜深人静，午夜失眠，独自走到阳台上抽一根烟。灰紫色的天空微微渗出亮光，整个居住区的小栋别墅都沉浸在深不可测量的寂静之中。星辰的光亮已经稀薄。世间万籁俱寂。我看到她。她站在角落的暗中，直发倾泻，戴着祖母绿耳环，眼角有细微的散发光泽的纹路。眼神像一束光。

她手指间拿着点燃的烟，对我轻轻微笑，问，良生，近来可好。

我说，莲安，我渐渐明了，爱里面有太多贪恋胶着，所以会有离散。若从爱到无爱，如同盈年，这感情却是更有担当。与其说他爱我与恩和，不如说他怜悯和有恩慈，并且知道我们。我却觉得是好的。

她说，以前我们都过得艰辛。但长路迂回也是为了这一份确认吧。

我说，是的，一切发生过的，都很重要。有这么多的事和人可以记得。若没有回忆，人多么卑微。

良生，你还愿意再跟着我走吗？

我说，是。我愿意。随时随地，只要你出现，莲安。

此时盈年在卧室里惊醒来，轻轻叫我的名字，良生，良生，你在哪里。

我对她点点头，转身走进房门。这个男人，我将与他一起慢慢变老。我知道。我们心里爱着的人，总是走得迅疾。因此能够与之相守的，总是一些其他的不相干的人。而我已经算是侥幸。盈年善待于我。我们珍惜对方，温和相处。彼此已走过生命半途长路，知道悲欢甘苦，时光流转，可以不再辜负。

而莲安，她是我生命中的一扇门。轻轻打开，让我看到无限繁盛荒芜天地。关闭之后，我只打算守口如瓶。

清明节，盈年带着两个女儿，陪我回了一次南方故乡。枫桥是我出生以及度过童年的深山小村，也是父亲年轻的时候沦落教书的地方。小村年年都有变化，盈年看到的枫桥，已经与我记忆中的故乡完全不同。但这对我并无影响。我只知道，我父亲的坟在此地。我生命的根源在此地，我精神的源头在此地。或者当我某日叶落归根，我仍会回到此地。它是我的起点，也是我的归宿。

少年时的桀骜与风霜褪尽之后，我的内心分明，自己只是一个相夫教子的寻常女子，即使心存眷恋，也是静默无言。仿佛走尽无数坎坷颠簸之后，终于抵达某处，却发现那原来只是一处海岛，那里花好月圆。

带着男人和两个孩子，重归故里。村里没有人认得。在小旅馆里住了一晚上。清晨醒来，窗外传过公鸡打鸣的声音，还有鸭子、鹅、狗的吵闹声。他们还是用干树枝烧炉灶来做饭。空气清新湿润，带着松脂与泥土的浓重气味。这三十多年来，小村虽然通电，修路，新建许多水泥房子，但这气味，这声响，在我的记忆中没有任何改变。

我悄悄起身，独自去墓地祭扫。碰到重要的事情，都只愿独自一人，也许是不肯让别人知道自己的内心起伏。走到露天晒稻场，看到那里还立着两根粗长的竹竿，是以前用来放露天电影的。记得那时每次放电影，就如同一次节日。全村的人搬来木凳子来排队，夜幕降临，挤在一起嗑瓜子，吃花生，啃甘蔗，吵吵嚷嚷。是这样的世间热闹，又是这样肯定而沉稳的人生。看完电影之后，父亲背着我回家，一路打着手电。两旁的稻田有青蛙鸣叫，萤火飞舞。山脉尽头有淡淡月影。

那时我还年幼。之后很快被父亲带回城市。后来我离开了那里，流离失所，直到在一个丝毫没有血缘联结的北方城市里停留，与一个寻常男子相守。将会与他白头到老。人生近同一场繁华至荒芜的幻觉。不可探测。

在他的墓前，清理杂草。带来他以前喜欢喝的绿茶。再多欠缺悔改，最后只能在他的坟碑之前敬一杯清茶。心里有千言万语，不知道该如何说起。只能坐在他身边的泥地上，给自己点燃一根烟。天气晴朗，有温暖的春阳与和风。周围寂静，只听到松涛轻轻起伏，偶尔鸟声清脆。我知道他此刻离我很近，并且内心欢喜。

阳光晒得人略有些发懒，只觉心里洞明而平静。我躺下来，脸枕着墓石，闻着植物和泥土的味道，闭上眼睛。我知道我会睡过去。日光之下，并无新事。我的人生，倏忽过完了大半，不过是二三事。如同世间流转起伏的情缘意志，并无什么不同。

那不过都是一些被我记得的事。

《二三事》与《彼岸花》之后记

　　这两个长篇，写在 2000 年、2001 年。回头望去，差不多已过去二十年。二十年前的我，正处在放任自流、生命力旺盛、意志坚韧、东奔西跑的阶段。换城市、换工作、换住所、谈恋爱、去远方旅行……尝试生活的各种可能性。那时的我，就处在这样一个桀骜不驯而上下求索的时期。

　　这两个长篇，记录了那时的心境与时代的特征。在故事与小说中，我看到二十年前的自己，那时的迷惘与内心状态。文字留下特定的时间的印记。而有些心境，则过去了不再回来。

　　写作《彼岸花》时，我正决定从上海迁移到北京。辞职之后，在寓所准备写第一个长篇小说。之前，没有人教过我如何写作长篇。

我构思了这个小说的框架，尝试起头。然后打开电脑，按照自己的故事写下去。作为第一个长篇，《彼岸花》更像是一种尝试与爆破，而不是技巧与经验完美的作品。

但当它出版之后，令一些读者产生强烈的阅读感受。他们告诉我，被书中这个残酷、悲伤的故事震动，甚至失眠，产生一种恐惧……影视公司和导演也因为这本小说来找我，希望拍摄它。它被连续签约了几次，没有被拍出来。也许是其中的复杂情感难以表达。

而我在写的时候，并没有去预设它能让读者产生这种共情。对我来说，这只是一个幻想中的想要表达的故事。关于爱的追寻和不可得。

人们为什么会被这个故事感动，我并不知道答案。是南生对和平的这份执着，她的顽强个性，还是两个相爱的人被命运拨弄的身不由己，最终成为陌路？对书中的南生而言，她认为自己唯一的信仰与救赎，是爱。对当时的我来说，或许也是这样信念。

写《二三事》时，我在北方城市尝试新生活。一开始，以为自己住一阵就会回去南方。但没有想到，一住直到现在，再也没有回到上海。《二三事》与《彼岸花》延续同一条脉络。以爱为信仰，以爱为救赎。情爱的边界如同深渊，无法触及。挣扎醒来，发现不过一场幻梦。

也可以说，这两个情爱小说，代表我在 2000 年左右的创作阶段，一种技巧与经验的摸索与积累，也是自己对人生与情感的心路探索。当时的我，身为作者，与书中的人物一样执着和颓废。书中某些想法，如今看来，也是属于年轻的或局限性的认知。但这是人必须经历的过程。

二十年之后，我才差不多能够真正解答书中提出过的那些疑问。我知道了答案。我把这一路走过来的一些思考的答案，写在《夏摩山谷》里面。如此对比，能够感觉到自己对人生之观察与审视的视角，究其本质的认知，已发生变化。

也是在二十年后，我碰到那位对"彼岸花"有兴趣的导演。很多人崇拜过他的作品。他温和地问我，南生最后的归宿到底在哪里？我只是把《夏摩山谷》送给了他。

每一个人的个体完成，都需要拥有丰富的过程与故事。这两个长篇，带着当时的时代与环境的种种烙印，也带着我自身生命阶段的鲜明印记。这些小说从技法与主题上来说，并不完美，也不够理性。同时，也是直率、开放而真诚的。相比起之后的我，那时的文字，虽然是少作，但也有着年轻独有的清澈与可贵。

回头再看这两部长篇小说，作为当时的年轻作者，我的表达力充沛，并且放任自己的想象与情绪。我并不知道自己的写作，在如何影响着读者的内心。虽然有些颓废，有些边缘，或许也让他们对自己的内心产生新的认知。精神追索，存在疑问与压抑，同时，潜藏着人对内在生命与个体化生长的觉醒与自省的种子。它们不可分。

自 2000 年开始出版作品，新旧读者不断在发生更替与变化。有些钟爱早期作品的情绪、颓废与情爱的强烈，有些更能懂得后期作品的内在思省。不管如何，珍贵的是这份在读写中联系在一起的生命生长。

当时沉溺在小说与故事里的那些年轻人，大多独自一人在枕边或桌前，在文字中试图安放自己内心的迷惘与孤独。想来，当年的他们，现在也都已进入中年。纷纷成家立业，或许做了父母。回头去看，似乎也就明白人生必须穿越的心境，如同一段段隧道，最终为了通到出口。

每十年，人与之置身其中的时代，以及自我的内在，都会有大的变动与更新。二十年，更是如此。

二十年后，去修订这两部有着特殊阶段烙印的长篇，对我来说，有着别样的意义。我也珍惜这样的机会。把文本中一些修辞做适度的改善，并从中回顾自己的人生。我从不觉得自己完美，也不觉得自己写出的是完美的作品。但会继续往前走，不停下脚步。

愿这些过往文字中的标记与声音，能够给现在的你带来一些启发。

2020 年 12 月 18 日，北京